T0374259

# CAVERNAS, LO DESCONOCIDO Y EL TESTAMENTO

# CAVERNAS, LO DESCONOCIDO Y EL TESTAMENTO

PASTOR TORRES

# CAVERNAS, LO DESCONOCIDO Y EL TESTAMENTO

*Puede hacer pedidos de libros de iUniverse en librerías o poniéndose en contacto con:*

*iUniverse*
*1663 Liberty Drive*
*Bloomington, IN 47403*
*www.iuniverse.com*
*844-349-9409*

*ISBN: 978-1-6632-4165-8 (tapa blanda)*
*ISBN: 978-1-6632-4164-1 (libro electrónico)*

*Número de Control de la Biblioteca del Congreso: 2022918610*

*Información sobre impresión disponible en la última página.*

*Fecha de revisión de iUniverse: 12/27/2023*

# EL AUTOR

PASTOR M TORRES NACIÓ EN LA HABANA, CUBA. GRADUADO DE LA ESCUELA DE MEDICINA DE LA HABANA. ACTUALMENTE RESIDE EN MIAMI, DONDE PRACTICA MEDICINA.

SU INTERÉS EN LA ESPELEOLOGÍA FUE FUNDADO EN SU PARTICIPACIÓN EN LA SOCIEDAD ESPELEOLÓGICA DE CUBA, GRUPO DE EXPLORACIONES CIENTÍFICAS Y GRUPO PEDRO BORRÁS.

ENTRE OTROS TRABAJOS PUBLICADOS; EN RELACIÓN A LA ESPELEOLOGÍA INCLUYE:

BÚSQUEDA DEL HISTOPLASMA CAPSULATUM EN LA CUEVA DE PAREDONES. G.E.C. REVISTA 1961

LA CUEVA DE LA SANTA. ACADEMIA DE CIENCIAS, INSTITUTO DE GEOGRAFÍA, HABANA CUBA. 1970

PALEOPATOLOGÍA DE LOS ABORÍGENES DE CUBA. ACADEMIA DE CIENCIAS, INSTITUTO DE GEOGRAFÍA, HABANA CUBA. 1972

ESTUDIO PRELIMINAR DE LA CAVERNA DE FUENTES. ACADEMIA DE CIENCIAS, INSTITUTO DE GEOGRAFÍA, HABANA CUBA. 1973

# CAVERNAS, LO DESCONOCIDO Y EL TESTAMENTO

## AUTOR: PASTOR TORRES

Este es un trabajo de ficción basado en una historia real.
Los nombres, caracteres, lugares e incidentes pueden
ser reales o ser producto de la imaginación del autor.
Cualquier semejanza con eventos actuales. organizaciones
o personas vivas o fallecidas. es pura coincidencia

# CAVERNAS, LO DESCONOCIDO Y EL TESTAMENTO

> La ficción sirve para encubrir la verdad
> Pastor Torres

MIAMI, FLORIDA. Un día cualquiera.

El Dr. Torres, cirujano cubano, radicado en Miami recibe una llamada telefónica.

Oigo. ¿Quién habla? ¡Andy! ¡No he sabido de ti en más de veinte años! ¿Cómo has estado?

Después de los saludos, tras la sorpresa y a pesar de estar situados en puntos opuestos debido a la política, la antigua amistad se impuso y comenzaron a conversar sobre los viejos tiempos en Cuba.

- *Estas* de visita aquí en Miami, de paso a Puerto Rico a una conferencia sobre Espeleología, ¿Dónde estás parando?

- En casa de un tío - Respondió Andy

- ¿Cuál es la dirección?

En el Downtown de Miami.

OK, mañana sábado paso a buscarte a las 11 de la mañana para ir a almorzar a mi casa.

# EL INICIO

Al día siguiente fui a recoger a Andy y nos dirigimos hacia mi casa. Allí nos recibió Miriam, mi esposa y antigua compañera de expediciones. Almorzamos y tras finalizar, ya tomándonos un café cubano, nos sentamos a conversar de los viejos tiempos de exploraciones espeleológicas y arqueológicas.

– Y como te va? - Le pregunté a Andy.

– Bueno, yo sigo trabajando en lo mismo. Tu sabes que mi vida es la espeleología y ahora tengo más responsabilidades pues no sé si sabrás que Antonio está mal de salud, con problemas del corazón. A propósito, te traje unos libros suyos en los que por cierto, hay fotos tuyas y citas de tus trabajos. - Me respondió

Le di las gracias pues no tenía idea de la existencia de dichos libros. La conversación se extendió por horas. Le pregunté por Pio Domingo, una caverna en el occidente de Cuba. Y me respondió que ya no se podía entrar en esa zona porque era rigurosamente militar. Tan secreta que ni a ellos mismos les permitían pasar por allí. En esa zona militar también se encuentra El Hoyo de Potrerito. No le dije nada, pero me quede pensando unos momentos en lo que estarían haciendo en mi caverna preferida de Pío Domingo, en el Hoyo de Potrerito, en Ia caverna de los Soterraneos, en Cueva oscura, Cueva clara, el Sumidero y el resolladero del río Cuyaguateje. Todo esto ubicado por esta zona y a la que años atrás ampliamente recorrimos y exploramos junto a los demás miembros del Grupo Pedro A. Borras, grupo espeleológico al que perteneciamos. lo estarían destruyendo todo?

1

Me siguió contando cómo estaban haciendo turismo espeleológico, que van turistas de todas partes del mundo, y que si nos decidimos podríamos ir cuando quisiéramos. No tendriamos ningun problema, que lo podíamos llamar para preparar el viaje y enviarnos una carta de invitación para visitar diferentes zonas espeleológicas.

–  Podremos visitar la caverna de Fuentes? - Le pregunté.

–  Claro que sí. - Me respondió.

Luego de tomarnos unas fotos, y de despedirse de Miriam, lo lleve de regreso a casa de su tío. No volví a verlo hasta unos meses después que vino de visita de paso hacia Nueva York para asistir a una reunión en la Smithsonian y después a otra, en una reservación Indigena en La frontera con Canada. Nos reunimos en un restaurante a cenar y hablamos de viejos amigos, a los que les contó de nuestro encuentro meses antes. También me contó de la muerte de Antonio, antiguo Director de Ia Academia de Ciencias. Me trajo algunas fotos nuestras, recuerdos de Ia época en que exploramos las cavemas en Cuba alrededor de la década del 60 y algunos libros. Volví a hablarle de la Caverna de Pío Domingo y el valle de Pica Pica, pero no logré que me facilitara más información. Me volvió a insistir en que decidiera viajar a Cuba. Podríamos ir de exploración acompañados por espeleólogos de la zona. La compañía de los otros espeleólogos sería con el fin de conservar las cavemas y cuidarnos. Aunque yo más bien pensé, para vigilarnos. Entre otras cosas, me contó sobre la salud del jefe de estado. Me dijo que existía mucha preocupación por esto y por los acontecimientos que podrían sobrevenir con la falta del mismo. Lo lleve de regreso a casa de sus familiares en Kendall*. Tras despedirnos, emprendí el regreso a casa pensando en las conversaciones que habíamos tenido y reapareció en mi mente un recuerdo y una idea fija que no había podido borrar en mis años de exilio.

Esa noche no pude conciliar el sueño.

# LA DECISION

## MAYO 2007

Era temprano en La mañana había tomado una decisión,
tomé La libreta de teléfonos y comencé a buscar, el primer nombre:
Norman, ingeniero retirado y excepcionalmente brillante. Amigo mío
desde la secundaria. Tras varias infructuosas llamadas, al fin lo localicé
en Nueva Jersey. Después de los saludos y de alguna introducción de
mis planes, logré despertar en él su espíritu aventurero, el cual nunca
lo había abandonado. Quedamos en vernos en Miami, el día 7 de
mayo. El próximo nombre en la lista fue John, ex infante de marina
buen amigo mío por los últimos quince años. Lo localicé en su barco
pescando en las Bahamas.

Quedamos en vernos a su regreso, dos días después, en su casa en
Fort Lauderdale*. Nos invitó a Miriam y a mí a cenar. A los dos días,
durante una tarde lluviosa, llegamos a casa de John. Parqueamos
al frente de una bonita y amplia casa con acceso a un canal. Al
fondo, junto al muelle, vimos anclado el Viking de 40 pies de John.
Miriam y yo nos dirigimos a la entrada, tocamos el timbre, y a los
pocos momentos nos recibió Mary Ia esposa de John. Después de
saludarnos cordialmente, pasamos a una sala de estar. Justo en ese
momento John cerraba la puerta al patio evitando que los perros nos
atacaran.

- *Como* estas? l,*Que* tal de pesca? - Le pregunté a John.

- Muy bien y espero que se deleiten con los Dorados* que

3

pescamos. Ya están, listos para comer? Pasemos al comedor y después de la comida charlamos.- Me contestó.

Después de la buena comida, acompañada por un buen vino blanco de California, pasamos nuevamente a la sala de estar para allí esperar el café americano, que no podía faltar. Ya sentados en el sofá de mimbre, John se dirigió a mí y me pregunto:

– *¿Qué* te trae por aquí doctorcito? Pues esa llamada tuya y esta visita tan rapida despues de meses que no te veo, me traen mala espina.

Yo me sonreí. En este momento Mary y Miriam se dirigieron a la cocina a preparar el café y de paso ver los souvenirs que trajeron de las Bahamas.

– Ahora dime, ¿que te traes? - Insistió John.

– Sé que lo que te voy a decir te va a parecer una locura. Pero como te conozco hace muchos años, sé que este tipo de locuras son las que te fascinan y mucho más siendo que es por una buena causa. Además, sé que puedo confiar en ti.

– Dime de qué se trata- Me dijo John.

– Tenemos necesidad de entrar en Cuba con explosivos.

– ¡Estás loco Doctor! - Me contestó.

– Sabía que me ibas a decir esto, pero no es lo que tú piensas.

No pensamos en atacar el régimen de Castro. Queremos ir a una caverna a buscar algo que no puedo decirte ahora, pero que es sumamente valioso y no queremos que caiga en las manos del régimen de Castro. Por más de treinta años he guardado este secreto, pero ahora he recibido noticias alarmantes que me impulsan a hacer esta locura.

- ¿Así que ir a Cuba con explosivos?- Comentó John.

- Si, pero no todos tenemos que entrar con los explosivos.

Como sabes, ahora hay cierta tolerancia por parte del gobierno de Cuba para poder viajar a la isla. Aun así, tú no podrás ir directamente por las restricciones del gobierno Norteamericano. Solo un par de hombres serían necesarios para entrar clandestinamente con los equipos que necesitamos. El resto lo entramos por la aduana. - Le respondí.

- .¿Qué necesitas? - Me preguntó John.

- Si nos cogen nos fusilan, así que necesitamos armas para defendernos y un equipo de varios hombres bien confiables y bien entrenados como tu sabes. Uno entrenado en demolición, uno en comunicaciones, algunos para defensa, un equipo con helicóptero para el regreso.

- - Si, si hay regreso. ¿Cuándo saldríamos? - Respondió John.

- Tan pronto como tengas los hombres y el material. Nosotros vamos a conseguir los pasaportes cubanos y la carta de invitación del gobierno de Cuba en Ia que dice que vamos en misión científica, para que nos otorgue el permiso el gobierno Norteamericano. Me imagino que nos tardaremos un par de meses. Ustedes solo necesitarán el pasaporte Norteamericano.

Los hombres que vayan a entrar clandestinamente no necesitan nada.

- Solo necesitaran cojones - Me respondió John

5

- OK vamos a reunirnos en uno o dos meses para conocer el equipo y ver que falta. Aquí tienes un cheque para empezar. Yo sabía que podía confiar en ti.

Hoy le dije a Miriam que nos vamos para Cuba.

## 7 DE MAYO

Norman se apareció en mi oficina con un pantalón de camuflaje, un pullover de camuflaje y una patilla blanca de un pie de largo. Medio calvo con ojos azules parecía más un redneck* que un cubano.

- Y qué haces así? - Le pregunté.

- Asi ando mas comodo y mis vecinos en Alabama* ni se imaginan que sea cubano. (Norman vive en una finca en el estado de Alabama).

- Bueno, tengo que terminar de trabajar, y nada más son las tres de la tarde. Mira aquí te anoto la dirección de mi casa, nos vemos allá para comer a las 8 de la noche - Le dije a Norman.

Acto seguido tomé el teléfono y llamé a Miriam para decirle que tendríamos un invitado para cenar.

A las 8 en punto apareció Norman en la casa. Despues de los saludos, pasamos al comedor donde nos esperaba una cena cubana de arroz blanco, frijoles negros, masa de puerco fritas y platanos maduros acompanados de un vino tinto chileno. Después de saborear el típico café cubano nos fuimos a Ia terraza junto a La piscina y mirando La luna reflejándose el agua le dije a Norman:

- Bueno es hora de empezar, te cite aquí porque tenemos un plan que creo que te va a gustar. Mas ahora que tienes tiempo libre.

- Dime - Me dijo Norman.

- Queremos ir a Cuba - Le conteste.

- ¿A qué?

- Esa es una historia muy larga y ya tendremos tiempo para hablarlo. Lo importante es que tenemos que ir a Cuba a buscar algo muy importante que descubrí hace más de treinta años y ahora está en peligro de caer en las manos de los comunistas.

- ¿Qué cosa?- Me preguntó Norman con los ojos muy abiertos.

- Es algo que te deleitará, como eres un ingeniero superdotado eres el único capaz para esta misión. Es riesgosa pero al final bien valdrá la pena.

- Cómo va a ser?- Preguntó Norman

- Bueno, ya tenemos todos los preparativos, nosotros vamos a entrar como una misión científica. ¿Te acordaste de sacar tu pasaporte cubano?

Si! Me contesto.

- Los otros miembros entraran como turistas, y otros clandestinamente para llevarnos algunos equipos que necesitamos.

- ¿Y que necesitaremos? - Respondió Norman.

- Explosivos, armas.

- Estás loco. - Me contestó Norman.

– Sabía que ibas a decirme esto. Los explosivos los necesitamos para sacar lo que vamos a buscar o destruirlo y las armas son para si nos descubren poder huir. - Le conteste

– Esto es un poco peligroso.- Dijo Norman.

– Bueno, hemos hecho cosas más riesgosas., Te prometo que no te arrepentirás.

– No estoy muy convencido, pero me tienes intrigado. Me has puesto el queso, y me siento como el ratón, no puedo dejar de ir. - Me contestó.

– Yo sabía que no me fallarías. Ahora voy a ordenar todo el equipo espeleológico, faroles, balsas y tiendas de campana. Norman encárgate de llevar algún equipo que puedas necesitar para tu especialidad, y algo para computadoras bien complicadas. Ah y acuérdate de un detector de radiación.

– Cada momento me intrigas más - Me dijo Norman.

– ¿No te acuerdas del detector de radiación que nos fabricaste hace más de treinta años?

– Claro que me acuerdo, pero ahora es más fácil comprar uno, me respondió.

– Bueno, acuérdate de llevar uno - Le conteste.

Después de un rato conversando, nos despedimos con la meta de vernos en uno o dos meses para darle los toques finales al viaje.

# REPUBLICA DOMINICANA

## LRO DE JUNIO

Tenemos una semana de vacaciones, Miriam y yo hacemos las maletas y volamos a República Dominicana. Yanet, nuestra hija mayor, nos acompaña. Llegamos temprano al Hotel en Puerto Plata. Aprovechando el viaje para hacer otros contactos y ya en el hotel, tome el teléfono e intente contactar a Alex, viejo amigo médico ya retirado en Santiago de los Caballeros*. No contestó nadie, al parecer no había nadie en la casa, así que salimos a pasear. Nos llegamos en un auto rentado hasta Sosúa*. Caminando por las calles pintorescas vemos la primera sinagoga construida por los judios emigrantes cuando la segunda guerra mundial. Seguirnos hasta un lugar conocido por Cabarete*, tratando de encontrar unas cuevas, al final las encontramos pero ya era tarde y así decidimos regresar al día siguiente. Esa noche traté de contactar a Alex, fue en vano. Al día siguiente seguimos de turistas y visitamos las cuevas de Cabarete, en un parque forestal. Cuevas de origen freatico, una vertical que Yanet aprovecho para nadar en un lago subterráneo. Esa noche contacte a Alex. Al día siguiente iríamos a Santiago de Caballeros para saludarlo y conversar con él.

A la mañana siguiente nos fuimos los tres caminos a Santiago de Caballeros. Tras más de una hora de viaje, llegamos a la ciudad. Indagando por las direcciones, llegamos a la casa.

Tocamos la puerta y nos abrió el propio Alex, tan jovial y chistoso como siempre. Nos sentamos a conversar mientras su esposa nos traía una tacita de café. Alex comenzo La conversacion diciendo: Y ese milagro que están por aquí, no me avisaron con tiempo que venían.

–   Trate de contactar contigo pero me fue imposible, de todas maneras quería darte la sorpresa. ¿Cómo te va por aquí? - Le respondí.

–   Muy bien, lo principal es que no tengo ningún estrés. - Me respondió Alex.

–   A propósito, dejame decirte que pienso ira Cuba en los próximos meses, y a lo mejor me llegó por Guantánamo*. Todavía te queda familia o algún socio* fuerte en tu tierra?

(Alex es nativo de Guantánamo)

–   Si, todavía tengo algunos familiares y amigos por allá. Te voy a dar los nombres, los teléfonos y las direcciones por si se te hace camino - Me respondió.

Agarrando un papel comencé a escribir el nombre de un hermano, y el de dos amigos.

–   Estos, son como si fuera yo mismo, puedes contar con ellos para lo que te haga falta. De todos modos yo sigo en contacto con ellos y les voy a decir que probablemente vayas de visita.

Después de largo rato conversando y haciendo chistes, salimos a almorzar a un restaurante frente a un gran monumento en el centro de la ciudad. Comimos opíparamente un mofongo que estaba delicioso, después de tomarnos el café, fuimos de regreso hasta la casa, y tras despedirnos nos dirigimos de regreso a Puerto Plata.

Durante el viaje de regreso Miriam me pregunto: - Que vamos a hacer a Guantánamo? Si está en el lado opuesto del lugar al que pensamos ir en Cuba.

– Por si acaso fallan los helicópteros y necesitamos otros planes de escape. Allí está La Base Naval Norteamericana. Le respondí.

# MIAMI

## ALGO INESPERADO

AI REGRESO DE REPÚBLICA DOMINICANA, COMENCÉ NUEVAMENTE A trabajar en mis labores habituales. Una mañana estaba operando en el Palm Spring Hospital mientras conversaba con el anestesiólogo Dr. Hassan, acerca de Ia galeria de artes de su propiedad al sur oeste en Ia calle 8 en Ia ciudad de Miami. Durante la conversación salió a relucir un pintor que frecuenta la galería quien mantenía abundantes relaciones en Cuba. Me invito a visitar su galería para presentarmelo. Acepté y quedamos en vernos en dos días a las 8 de la noche en dicho lugar. A las 8 en punto llegué a Ia galeria de arte después de un poco de trabajo para encontrar un parqueo*. Camine media cuadra y llegué a Ia galeria la cual estaba asombrosamente concurrida. No me esperaba tal gentío de artistas y admiradores del arte. A duras penas llegué junto a Hassan, lo saludé y lo felicité por su obra. Camine junto al mientras me explicaba las pinturas, los autores, presentandome a algunos, hasta que llegamos frente a un hombre de cabellos blancos y largos, y me dijo:

- Aquí te presento a mi amigo Pedro, el artista de quien te hable.

Después de saludarnos comenzamos una larga conversación sobre pintura. Después saltamos a historia, arqueología, y por último caímos en el tema de Ia política. Se hacía muy tarde, lo invite a él y a Hassan a almorzar al otro dia en un famoso restaurante cercano a la galería El Versalles*. Los dos aceptaron con gusto y quedamos en vernos a las once de la mañana del día siguiente.

Miriam me acompañó y a las once ya estábamos en El Versalles. En la puerta nos esperaban Hassan y Pedro, nos saludamos y entramos. Nos situaron en una mesa al fondo, y cada cual pidió su almuerzo preferido. Hay mucho de donde escoger en la comida cubana.

Durante la conversación Pedro me habló de varios amigos en Cuba que pertenecían a diferentes organizaciones pro derechos humanos, y varios disidentes de renombre.

Le conté que pensaba en visitar Cuba, por cuestiones científicas y estaba esperando la aprobación del gobierno Norteamericano. Esto último le interesó muchísimo. Y hablando bajito me pregunto:

¿Tienes algo que ver con la CIA?

- No, no tenemos nada que ver con ningún departamento, aunque conocíamos a altos jefes. Le respondí. Un pequeño embuste, para averiguar porque me preguntaba esto).

- Me gustaría hablar contigo a solas, si es que puedes.

- Claro que sí. ¿Dónde y cuándo?- Le respondí.

Mañana por la noche en la galería, Hassan tiene una pequeña oficina detrás de la misma y podremos conversar sin problemas. Pedro me respondió:

- OK, mañana nos vemos.

Cómo acordado, aunque un poco tarde por problemas de trabajo, llegué la noche siguiente a Ia galeria. Llegando me encontré a Pedro en Ia entrada, lucía un poco nervioso, y me dijo:

- Pensaba que no vendrías.

Yo me excuse por mi tardanza y le explique los motivos. Una vez más calmado, pasamos al interior de la galería donde encontramos a Hassan hablando con varios artistas. Lo salude y le dije que íbamos a utilizar su pequefia oficina, a lo que me respondió:

- Tomate el tiempo que quieras.

Pasamos a la pequeña oficina, y nos sentamos. Pedro se dirigió a mí y me dijo:

- Te voy a contar algo que no sé si te va a interesar.

- Dime - Le conteste

- Tengo un amigo disidente que me ha hecho llegar una nota que me tiene preocupado. Tu sabes lo de Ia salud de Castro, que es un secreto militar.

- Si- Le conteste.

- Bueno, el disidente que te digo, se ha hecho muy amigo de un alto oficial del régimen. Y a este oficial le gustaría estar en contacto con un alto oficial de aquí. Algo importante tiene, pero quiere garantías de asilo y monetarias, pues estaría arriesgando el pellejo de él y el de su familia. ¿Qué crees?

- No se, eso se sale de mi esfera pero voy a tratar de contactar a un oficial y te llamo. - Le respondí.

- Llama mejor a Hassan, él me dará el recado, yo lo veo diariamente.

- OK, te avisaré cuando pueda.

14

Me despedí de él, y al salir me despedí de Hassan, diciéndole que lo llamaría. Por el camino de regreso, tomé el celular y llamé a John. Y le pregunté si podría pasar por mi oficina por la mañana.

- Está bien - Me respondió.

Al día siguiente a las tres de la tarde, John se apareció en mi oficina. Lo hicieron pasar de inmediato. Cerré la puerta y le conté la conversación que tuve con Pedro.

- Que te parece?

- Muy interesante pero ¿qué tiene que ver eso con nosotros? - Me contestó John.

- Vamos, tu sabes que yo sé de tus conexiones con la CIA, solo te pregunto si vale la pena, ya que vamos a Cuba para poder enterarnos sobre este asunto. Solo pregunta si nos autorizan a averiguar si hay algo de valor en el cuento. Si aceptan, entonces averiguaremos el nombre del oficial o de la conexión en Cuba.

- OK, mañana te llamo. -Me contestó John.

Se despidió de mí, y abriendo la puerta del despacho se marchó, y yo me senté para continuar trabajando.

A la mañana siguiente sonó el teléfono cuando iba a salir, conteste. Era John.

- ¿Qué hay? - Le pregunté.

- Dicen que sigas la corriente, averigua la conexión.

- Gracias!- Le respondo- Te llamo en cuanto tenga algo. Esa misma mañana, me encuentro con Hassan en el Hospital, y le digo: Me hace falta que le digas a Pedro que todo va bien, que lo veré mañana por la noche en la Galería.

A la noche siguiente, llegue a la Galería, y me encontré a Pedro a quien se le notaba muy contento que me dice,

- Vamos a la oficina para que me cuentes.

- Y Hassan? - Le pregunté.

- Fue a tomar café a El Versalles, enseguida regresa. Pasamos a la oficina, nos sentamos y le dije que ya un oficial de la CIA, había hablado conmigo y nos habían dado luz verde en el asunto.

- Ahora, dime Pedro, ¿quién es el oficial? - Le pregunté.

- No se. El que lo conoce es Pepe, el disidente que vive en Lawton. El no tiene teléfono, pero te voy a dar la dirección. El vive en la calle Armas, frente a un parque que da a Ia calle Porvenir. Todo el mundo lo conoce por el pintor loco.

- Y eso es todo lo que tienes? - insistí.

- Bueno, lo demás tienes que hablarlo con él, yo le mandaré una nota diciéndole que vas a hablar con él.

- OK, veré que puedo hacer. - Le conteste.

Me despido de él dándole las gracias, y al salir me encuentro con Hassan, que regresaba del café. Me despido de él también y regreso a casa, pensando cómo averiguar lo que falta en el rompecabezas.

Esa noche mande un e-mail a Cuba a un familiar de Miriam, quien, de casualidad, vive a dos cuadras del tal Pepe. Esperemos el resultado. Al día siguiente, me llega la respuesta, el tal Pepe existe, ya lo tenemos localizado. Tomé el teléfono, llamé a John y le cuento, que todo estaba bajo control.


## 20 DE JUNIO

Era la fecha fijada para la reunión con todo el personal.

A las ocho de la noche en mi casa. El primero en llegar fue John con Mary. Pasaron a la sala y nos sentamos. Mary, discreta como siempre, nos dejó solos y fue a conversar con Miriam.

Me dirigí a John y le dije.

- – Estoy esperando un amigo para presentartelo.

- – Y tú qué has hecho? - Me preguntó John.

- – Bueno, ya tenemos los pasaportes cubanos que nos exige el gobierno de Cuba. Ya tengo algunas conexiones en Cuba y tengo conseguido el tour por el gobierno Cubano para el lugar que nos interesa.

- – Y tú qué has hecho?- Le pregunté a John.

- – Ya tengo listos a los muchachos que necesitamos: Bill experto en explosivos, abundante C3 y C4- Tommy experto en comunicaciones, con los equipos listos, Ben y Hans expertos en guerra, especialistas en armas de todo tipo algunos AK, pistolas etc. Somas en total cinco. - John continua- Además están Charles y Jeff, ex infantes de marina, buenos para entrar clandestinamente. También tengo conectados a dos pilotos que viven en Cayo Hueso y tienen dos buenos helicópteros.

Son las 8.30 de Ia noche, tocan a Ia puerta. Es Norman.

– Hola, ¿Cómo estás? -Me dice Norman.

– Yo bien, mira te presento a mi amigo John, es como mi hermano y va a ser el jefe del equipo en Cuba.

Se estrecharon las manos y comenzaron a conversar. Pasamos animadamente la noche. Como último acordamos reunirnos en una semana, para conocer personalmente a todo el equipo La fecha de salida está programada para el 22 de julio. Nos despedimos en la puerta.

# LRO DE JULIO

El tiempo pasa volando, solo hacemos pensar en el viaje, nos cuesta trabajo dormir, ya hicimos contacto con Ia familia de Miriam en Lawton, La Habana, y otros amigos mios de San José de las Lajas, todos nos esperan para fines de mes. Ya hablé por teléfono con Andy y preparamos el viaje con seis amigos "espeleólogos": cinco turistas americanos Norman, Miriam y yo (tres cubanos). El destino es la provincia de Pinar del Río, al Valle de Luis Lazo, para explorar La caverna Fuentes. Lo que me queda del mes, lo dedico a conversar con mis pacientes en la oficina obteniendo direcciones y teléfonos de familiares en puntos clave de todas las provincias.

Hoy hable con Marta, me dio la dirección de su padre que vive justo al pasar el puente para entrar a Varadero, provincia de Matanzas. El tiene una pequefia finca abandonada cerca de Varadero en Camarioca, cerca de la cueva de Cepero, un buen Lugar en caso de tener que ocultarse, cerca de Ia costa en Ia zona más cercana a EE UU, Lugar frecuentemente utilizado por balseros en su afán de huir de Cuba.

# 10 DE JULIO

John me llama por teléfono, los muchachos están listos Están viviendo en su casa, todo el equipo está listo. Solo falta Norman.

# 11 DE JULIO

Norman llegó a mi casa con una maleta gigantesca. Me dijo:

- No te preocupes traje todo lo que pudiera necesitar, ah y el detector de radiación.

- OK, te quedarás en mi casa. El próximo domingo día 15, tenemos una reunión aquí en Ia casa para discutir los últimos detalles.

# 15 DE JULIO

Esta noche tuvimos una reunión en mi casa con todo el equipo. A las ocho de la noche llegó John con sus cuatro muchachos: Bill, Tommy, Ben y Hans.

- ¿Estás completo? - Le pregunté.

- No, faltan Charles y Jeff que están al llegar.

Al poco rato en medio de la conversación tocaron la puerta. Eran los dos que faltaban. Ya estamos completos, 10 en total.

# EL PLAN

JOHN SE DIRIGE A TODOS CON VOZ AUTORITARIA Y LES DICE:

- Silencio. Vamos a empezar a detallar el plan de trabajo.

John había puesto una pizarra que trajo con él, además de un proyector de vistas fijas. Comenzó diciendo:

- Como saben, este es un viaje de ida, no sabemos si tendremos papeletas para la vuelta, así que si alguien está indeciso, ahora es el tiempo para recoger e irse. Se hizo un silencio.

- OK de ahora en adelante nadie puede echarse para atrás según nuestro código militar, saben cual seria el precio. - Vamos a comenzar. El jefe militar a partir de este momento soy yo de acuerdo con Torres. Él se ocupará de la jefatura de inteligencia. Charles se ocupará de la jefatura del equipo de infiltración. Bill se ocupará de los explosivos y Tommy de las comunicaciones. La partida inicial del 22 se adelantó para el viernes 20 de Julio. Torres, Miriam y Norman saldrán el día 20 en vuelo directo del Aeropuerto de Miami para La Habana, en un vuelo charter. Ellos se encargaran de recibirnos el 24 de Julio. Bill, Tommy, Ben, Hans y yo partimos el 23 de Julio en vuelo Cancún, México, y por la mañana del 24 de Julio, volaremos por Cubana de Aviación a La Habana. El equipo de infiltración partirá el 24 de Julio, para Cayo Hueso, donde se quedarán en una casa cercana al aeropuerto, a esperar por nuestras órdenes. Tienen que estar listos las 24 horas del dfa, pues tan pronto reciban la orden tienen que partir esa misma noche en una lancha rápida, que los dejara (señalando en un mapa que proyectó en la pizarra) a unas seis millas de Ia costa norte de la provincia de Pinar del Río, directamente al norte del puerto de Santa Lucía. Se guiarán por el faro de Ia Jutia (ese es el nombre que le pusieron) este faro se comunica con tierra firme a través de un terraplén. Aquí bajarán las balsas con el equipo y los motores fuera de borda silenciosos, tienen que desembarcar entre las 3 y las 4 de Ia madrugada, cruzar la carretera, en Ia tierra firme al sur del terraplén que conduce al faro, para que nos sirva de punto de referencia, y adentrarse en los Pinares hasta que los recojamos en ese mismo dia por la tarde. - John me mira- Torres, explicale como es la zona.

Me pare, me dirigí a Ia pizarra y pinte la provincia de Pinar del Río, señalando el puerto de Santa Lucía dije:

Aquí existe un muelle que era donde se embarcaba el cobre extraído de Ia mina de Matahambre, según nuestros informes, Ia mina actualmente está cerrada, por lo tanto no hay actividad en el muelle, únicamente unos pocos botes de pescadores. Tienen que tener cuidado de no tropezarse con ellos, aunque creo que a esa hora no tendrán problemas.

Después de cruzar La carretera a Guane, que les queda a su derecha Tienen que adentrarse en los pinares que son muy tupidos, hacia su izquierda está la granja Sarmiento, que es una granja del estado y debe tener guardias.

Recuerden que en el puerto estarán los guardias fronterizos y en el poblado la policía, y los comités de Defensa que son los encargados de la vigilancia por cuadras de la población.

Tienen que alejarse del pueblo en todo momento y buscar la oscuridad de los pinares. Entierren los equipos cerca de Ia carretera, del lado de los pinares donde pueda entrar un jeep y protejanse en un lugar alejado de ellos. Las dos balsas tienen que desinflarlas y ocultarlas cerca de la costa si desembarcan a las 3 de la madrugada solo tienen hora y media para cumplir el plan. Las mochilas de los explosivos deben ser las primeras en ocultarse, las de las armas las últimas, exceptuando las suyas. En la granja del gobierno, se siembra arroz, así que habrá zonas inundadas y de difícil paso. ¿Alguna pregunta?

- Cómo sabremos cuando nos recogen? - Preguntó uno.

- Tommy les va a facilitar unos pequeños radios con bocina en un auricular, para colocarlo dentro de su oído y un pequeño micrófono, así podrán oírnos y hablar con nosotros en caso de suma necesidad. Nunca mencionen nombres o direcciones, pues hay una base que puede detectarnos. Este radio se activa con la voz y se desactiva automáticamente, solo estaremos segundos en el aire. Solo usaremos palabras aisladas.Siempre un minuto después de cada hora o media hora. ¿Entendido?

- OK- respondieron.

- John les dará algunas palabras en clave y números para que se los aprendan. Recuerden no llevar ninguna identificación. En caso de que los capturen eran pescadores y su bote se hundió, den un nombre falso y pidan hablar con su embajada. El team de John llegará al aeropuerto Jose Marti, en La Habana, en la mañana del 24 de julio. No es seguro que con los aviones de cubana tengan un itinerario puntual. Pero yo los estaré esperando.

Me miran con atención y yo continuo:

- Conmigo estará un dirigente del gobiemo y posiblemente algunos policías encubiertos, que probablemente entiendan Inglés y aparenten no saberlo, por lo tanto queda terminantemente prohibido hablar algo que nos pueda perjudicar, no saben nada militar, no les interesa nada militar, nunca han estado en ningún cuerpo de las fuerzas armadas de este país o de ningún otro, solo les interesa la espeleología, el alpinismo y Ia naturaleza. Tengan cuidado cuando le ofrezcan mujeres Jineteras No se alejen del grupo en ningún momento, cualquier duda llamen a John o a mi. Y si necesitan alguna traducción, estamos Norman, Miriam o yo.

    Aquí tienen algunas revistas de espeleología y alpinismo, para que vayan leyendo. Mañana vamos a tener otra reunión, así podrán familiarizarse con la geografía y la historia de la zona que vamos a visitar, también la geografía de Cuba para que se ubiquen donde vamos a estar y posibles vías de salida.

## 16 DE JULIO

Todos llegaron temprano a mi casa, eran cerca de las siete de la tarde y el sol se estaba poniendo. Llegaron ansiosos por conocer los detalles. Nos sentamos en la sala, alrededor de una pequeña mesa donde tengo puesto el proyector.

- No vamos a perder el tiempo.- Le dije a John.

Encendí el proyector - La primera transparencia que apareció fue Ia de la Isla de Cuba.

Señalando con una linterna de láser, les dije:

- Vamos a llegar a Ia provincia de La Habana, que está aquí, y de aquí iremos en transporte por la carretera central hasta Ia ciudad de Pinar del Río, que es la capital de Ia provincia. Desde aquí seguiremos por una carretera estrecha y peligrosa hasta el pueblo de Sumidero. Este pequeño pueblo está en el kilómetro 32 de esta carretera, que sigue hasta el pueblo de Guane, donde termina. A continuación siguen caminos de terraplen, si es que no ha cambiado, por toda la costa sur basta el Cabo de San Antonio, que es donde termina Ia Isla.

  Aquí, el Estrecho de Yucatán, nos separa de México 210 kilómetros.

Cambie la transparencia y continúe:

- Volviendo al pueblo de Sumidero. Tenemos otra carretera que toma rumbo Norte, que pasa por el valle de Pica Pica, en el que se encuentra La Caverna de Pío Domingo y El Hoyo de Potrerito, al cual se entra por la Cueva Clara o el Sumidero y el río

  Cuyaguateje. Esta área está vedada para nosotros pues es ahora estrictamente militar y ultra secreta. Por lo tanto, no deben mencionarla aunque nos oigan a nosotros hablar de ella con nuestros anfitriones.

Continuo con toda Ia explicación:

  Esta carretera sigue un poco más al Norte, hasta el caserío Gramales, a la izquierda a La mina Bosch y a la derecha

  Pons, Peña Blanca a través de un camino vecinal*.

De aquí se sigue a la carretera que conduce al Norte de las Minas de Matahambre, y al Puerto de Santa Lucía, en donde se embarcaba el cobre extraído de las minas de Matahambre y de la mina de la mula Mora. De aquí estaban extrayendo oro un consorcio Mejicano, pero ahora todas estas minas están cerradas. Esta carretera que tomamos en Pons, si la cogemos al revés en dirección Sur, nos lleva al poblado de Cabezas, que viene a ser el kilómetro 27 de la carretera de Pinar a Guane. Es decir 5 Kilómetros antes de llegar al pueblo de Sumidero. Como ven ustedes, estas son nuestras principales vías de salida hacia el Norte, hacia el Este y el Oeste. También en la ciudad de Guane, llega otra carretera, el circuito Sur que va hasta la Ciudad de Pinar del Rio, y de aquí a la provincia de La Habana. También existe una línea ferroviaria a la Habana.

a La Habana. En el Norte existe un camino hacia el Oeste hasta Guane, y hacia el Este en dirección a Puerto Esperanza, la Mulata, Bahía Honda y la Bahia del Mariel, y sigue basta la Ciudad de La Habana. El tramo de Santa Lucía a Bahía Honda no sabemos en qué condiciones está. Pero debe estar transitable.

Cambie a otra transparencia.

– Volvemos a la carretera de la Ciudad de Pinar del Río a Guane. Al salir de la ciudad pasamos por el antiguo Hospital antituberculoso, no se si existe o funciona ahora. Pero llegando al poblado de Cabezas, pasamos por el Valle de Isabel Maria, aquí se encuentra la Gran Caverna de Santo Tomas, la mayor de Cuba hasta el momento, esto también está vedado, es zona militar aunque ya no tan secreta.

Esta caverna fue utilizada inicialmente cuando la Guerra Fría, para estacionar cohetes rusos. incluso hay partes en que el techo se corría para lanzar los cohetes. Yo tuve oportunidad de visitar esta caverna cuando ya se habían llevado los cohetes y vi de cerca alguna de las construcciones de bloque de concreto y techo de zinc dentro de la caverna, cuando estaban instalando tanques que se suponía era para almacenar combustibles. Lo interesante es que el inicio de la construcción militar en esta caverna, fue dirigida por el teniente Angel Hernandez Rojo, piloto que fuera del régimen de Batista, (el presidente derrocado por Castro), Rojo se asiló en la embajada de Brasil en Cuba y vino asilado para este país. En resumen: les estropeo el trabajo.

Todos prestaban atención a lo que estaba explicando. intente seguir dándoles los datos más importantes:

- Despúes de estos datos históricos, continuemos. Pasando el pueblo de Sumidero, llegamos al caserío de Caliente, 5 o 6 casitas junto a Ia carretera cerca de un Mogote (tipo de montaña) donde se encuentra La Cueva de La Herrería, que veremos desde la carretera. Esta cordillera de montañas (Mogotes) que va desde el pueblo de Sumidero hasta Caliente, está atravesada por algunos arroyos uno de ellos forma la Caverna de Ia Amistad descubierta en 1961 durante la expedición Polaco-Cubana apadrinada por la entonces Academia de Ciencias de Cuba y que exploró alrededor de 100 cavernas desde Oriente hasta Pinar del Río. Según mis contactos, deben pasar una carretera militar por esa caverna, pues mis informantes me contaron de una explosi6n durante la construcción en Ia en la que perecieron dos jóvenes de la zona. Ya en el caserío de Caliente estamos fuera pero cerca de la zona militar.

- De aquí tomaremos rumbo Norte por caminos vecinales, pasando por el Mogote El Junco, un Mogote aislado que se encuentra en el Valle de Luis Lazo. Recuerdo que en este mogote hay una pequeña pero peculiar cueva (La Cueva de Marrero). AI Norte seguimos hasta llegar a la cordillera montañosa de la Sierra de los órganos. Donde acamparemos junto al resolladero del arroyo El Palmar. (Ensenada de Fuentes), perteneciente a la sierra de Mesa. Habremos llegado a nuestro objetivo: La Cavema Fuentes.

Por mi mente pasaban los recuerdos de otros tiempos en los que exploramos todas estas cavernas, pero tenía que seguir con las explicaciones al grupo:

- La caverna Fuentes fue descubierta en Octubre de 1961, durante la expedición Polaco-Cubana. El Club Wysoko Gorski de la República de Polonia, El Grupo de Exploraciones Científicas de Cuba y miembros del Departamento de Espeleología de la

Academia de Ciencias de Cuba. En la primera expedición participaron: Wieslaw Maczeck, Przemyslaw Burchard, Manuel Acevedo, Fernando Jimenez y este servidor. Participe en muchas expediciones hasta 1967, habiéndo cartografiado por esa época cerca de 10 kilómetros, teniendo hasta ese momento las mayores distancias longitudinales dentro de una misma galería, o sea era el mayor cauce descubierto en Cuba. Después supe que continuaron expediciones a otros niveles, y las distancias aumentaron. Ahora les voy a contar una anécdota:

- En una de nuestras visitas nos pasó algo increíble: Éramos cuatro en el grupo: Andy, Glenn, Feito y yo. Veníamos caminando atravesando la sierra desde Pica Pica, con enormes mochilas, y llegamos bien caída la tarde. Entramos por el resolladero del arroyo Palmar y encontramos una pequeña abertura que comunicaba con un pequeño saloncito donde pudimos tirar las colchas, para pasar la noche.

Nos quedamos dormidos arrullados por el ruido del arroyo, y el de los pájaros e insectos que revoloteaban en la entrada. Esa madrugada me despertó una luz roja intensa, que

Penetraba por una pequeña abertura que daba al exterior, desperté a Andy que estaba al lado mio, y en eso apareció una luz intensa blanca, despertamos a Glenn, y de nuevo una luz blanca intensa apareció. No pudimos despertar a Feito. Lo interesante fue el

silencio que se hizo. No sentíamos ni el ruido del arroyo ni el de los animales nocturnos. Silencio total. Nos quedamos quietos, sin hablar por horas hasta quedarnos dormidos de nuevo. A la mañana siguiente salimos con sigilo, pero no vimos nada. No sentimos ruido de helicópteros, no había ni una persona en millas a la redonda, y las paredes verticales de los Mogotes no

son aptas para caminar, menos de noche.- Continúe- Ahora, cuarenta años después, vemos frecuentemente en las películas la luz blanca de los extraterrestres. ¿Qué fue aquello? Nunca lo supimos.

– Cada momento me intrigas más- me dijo Norman.

– Y te seguiré intrigando. - Le contesté y seguí en mi relato - Varios meses después, y explorando la parte superior de Ia sierra en busca de otros niveles de Ia Caverna, llegamos a una colina, más bien parecía el desplome de una cueva, de los que abundan por Ia zona. Yo llevaba el detector de radiación que nos fabricaste Norman, y justo en el medio comenzó a sonar de lo lindo. Primera vez que lo oía sonar desde que lo probamos en la Universidad de La Habana con el isótopo radioactivo - marcamos el lugar en nuestros mapas y seguimos explorando. No encontramos más señales radioactivas. Pensamos quizás fue un meteorito.

Años después, encontramos radiación en una galería de la caverna. Seguimos sin saber la causa. Hasta que un día encontré algo, pero después no pude volver a explorar la zona. El trabajo y la política me lo impidieron, hasta que tuve que salir de Cuba, hace 27 años.

–   ¿Qué encontraste?- me preguntaron al unísono Norman y John.

–   Era algo de metal pero estaba casi completamente enterrado bajo toneladas de rocas. ¡Se dan cuenta porque necesitamos explosivos!

Norman no paraba de hablar.

–   Es increíble que pudiste guardar el secreto por cuarenta años.

–   Que quieres, no tenía ni medios ni conexiones para hacer algo de esa envergadura -

Comente.

John me dijo:

–   En vista de las noticias, creo que voy a hacer algunas conexiones extras, para más ayuda en caso de que la necesitemos. Esto se va complicando cada día.

¡Espero que ahora tengan más interés en el viaje! - Dije. Todos respondieron afirmativamente.

No nos veremos más, hasta que lleguemos a Cuba. Suerte. Dije como comentario final y nos despedimos.

# LA DESPEDIDA

## 20 DE JULIO

MI ÚLTIMO DÍA DE TRABAJO. MIENTRAS ALMORZABA JUNTO CON varios otros médicos en el Hospital Palm Spring, en Hialeah* (amenas tertulias en el comedor donde se discute de deportes de la bolsa, de política) me despido alegando porque me voy de vacaciones''. Un médico anestesista me dice:

- Vacaciones de nuevo si acabas de regresar de República Dominicana? Los Pulmonologos se burlan diciendo que me voy en un viaje de turismo para ponerme a dieta. Un cardiólogo me pregunta:

- Te vas en un safari?

Un viejo médico retirado salta y exclama:

- Rambo se va de cacería.

- Me voy de exploraciones. Ya les contaré cuando regrese - Doy como respuesta.

Por el pasillo me encuentro con otros cirujanos y técnicos de Rayos X, al despedirse me dicen que le traiga una cabeza de la cacería. Voy al salón de los Doctores y mientras saboreo un café especial hecho por Panchito, me despido de otros médicos. Me sentía un poco triste, me daba la sensación que esta era una despedida sin regreso. Ya en direcci6n del parqueo me encuentro con el neurologo, me despido de

30

él, abro la puerta del Hospital y camino por el parqueo me detengo, miro hacia atrás y le hecho una última mirada al Hospital, basta la próxima me digo, abro La portezuela del carro y con un poco de nostalgia me marcho. Paso por Ia oficina, no tengo consulta es solo para despedirme de todos. Les encargo varios trabajos, Ia conexión con los médicos que van a cubrirme en mi ausencia, recojo algunas medicinas y suministros médicos que podamos necesitar.

# EL VIAJE

## VIERNES 20 DE JULIO

Temprano por la mañana, estamos en el aeropuerto de Miami. Norman, Miriam y yo. Llevamos bastante equipaje y, como era de esperar, nos demoran investigando el equipaje, y preguntándonos a qué vamos a Cuba. Tengo que mostrarles el permiso del departamento de Estado, en que nos autorizan a un viaje científico. Al final, después de dos horas podemos pasar a los Gates. El viaje estaba demorado, nada inusual, tras dos horas de espera nos llaman a abordar el avión. Nos rodean infinidad de cubanos, que van a visitar a sus familiares. Yo le digo a Miriam y Norman, que si les preguntan, digan que vamos a visitar a familiares, para evitar confrontaciones.

Al fm despegamos, Miriam como siempre se aterroriza. No le gustan los despegues y los aterrizajes. Tras un corto vuelo nos avisan que vamos a aterrizar en el Aeropuerto José Martí de La Habana.

Aterrizamos, bajamos por la escalerilla y avanzamos hacia el edificio de la Terminal, rodeados de guardias vestidos de color olivo, algo que me causa muy mala impresión. Al llegar a terminal, entramos en una fila, pero un oficial se acercó a nosotros y nos sacó de la fila llevándonos por una puerta lateral. Al abrir la puerta, lo primero que vi fue a Andy, quien se acercó a saludarme efusivamente. Los demás oficiales cambiaron la cara, de serios a una sonrisa. Nos pasaron por la aduana sin problemas, y afuera nos estaban esperando dos jeep rusos, y los choferes se encargaron de montar las maletas. Andy me dijo:

- El resto de los paquetes grandes, los van a recoger ellos en un camión más tarde, eso incluye todo el equipo espeleológico, que naturalmente vamos a donar cuando terminemos la exploración. Todo eso se había acordado previamente y ellos, los oficiales, estaban muy contentos, pues además de los equipos venían botas, uniformes, artículos de uso personal, comidas en conserva etc. Partimos hacia La Habana -tras un corto recorrido llegamos al Vedado, al Hotel Riviera. A Miriam se le humedecieron los ojos, estábamos a dos cuadras de nuestra antigua casa, muchos recuerdos pasaron por nuestras mentes. Muchos paseos por el Malecón con las niñas pequeñas. Tiempos de ilusión, de sueños! Llegamos a la entrada del Hotel Riviera, Andy nos acompañó a Ia carpeta, y ya sin hablar, sabían quienes éramos. Nos saludaron muy cordialmente, nos entregaron las llaves de dos habitaciones contiguas, mientras los maleteros subían los equipajes. Nos despedimos de Andy, que vendría a buscarnos a las 7.30 pm. para ira cenar a Tropicana*.

- Bien, comienza el turismo- Le dije.

Ya Miriam y Norman estaban instruidos de no hablar nada en las habitaciones. Seguro tienen micrófonos y cámaras ocultas, pues eso es lo que nos han asegurado agentes que han desertado. AI poco rato después de tomar un baño, bajamos los tres a la barra y allí pedimos unos cócteles. Miriam un Daiquiri y Norman y yo dos Cuba libre. Conversando en Ia barra, les dije:

- Vamos a caminar y sentarnos un rato en el Malecón.

Lo dije en voz alta para que nos oyeran los empleados, alguno de ellos encargados de vigilarnos. Cruzamos la calle y dimos unos cuantos pasos por el Malecón, era temprano, 4 de la tarde y hacía sol por lo que no había gente. Aproveche para coger un celular bien pequeño que llevaba y muy discretamente me puse el auricular, poniendo La oreja derecha hacia el mar llame a Tony, en Lawton, le dije que le avisara al "amigo" y que le dijera que estuviera en su casa mañana a las 6 de la mañana, nosotros llegaremos a las 7 o 8 de la noche. Y que me esperara el cuartito detrás de la cocina. Que tratara de entrar en Ia casa cuando nadie lo viera y que me llevara la información.

Hecho esto guarde el auricular, el celular, y seguimos caminando de regreso al hotel.

Regresamos a la barra, y pedimos otra ronda. El camarero nos dijo:

- Volvieron rápido.

- Si, hace mucho calor afuera, mucho sol Le conteste.

A las siete y media en punto llegó Andy a buscarnos. Esta vez Venía en una guagüita* de turismo con un chofer. Subimos a la guagüita, nos sentamos y partimos en dirección a Marianao, pasando por el túnel de la 5ta Avenida.

- Hacía tanto tiempo que no pasaba por aquí que ya se me han olvidado las calles. - Le dije a Andy.

Llegamos a Tropicana, comimos opíparamente y disfrutamos del show. Hasta Miriam y yo aprovechamos para bailar un rato.

Salimos tarde de Tropicana, como a la una de la madrugada, al llegar al Hotel Riviera, Andy me pregunto:

- ¿Qué quieres hacer mañana?

- No se. Estamos bastante cansados, vamos a levantarnos como a las nueve, llamame a esa hora a ver que vamos a hacer.- Le respondí.

- Esta bien, hasta mañana - Me respondió Andy.

- ¿Por qué no le dijiste lo que queremos hacer mañana? -Me preguntó Miriam.

- No conviene avisar lo que vamos a hacer desde el día antes - Le conteste.

Tomamos el elevador y subimos a nuestras habitaciones. Nos asomamos a la ventana, y vimos el mar, tranquilo iluminado por la luna. Ya era hora de dormir, mañana tendremos bastantes cosas que hacer.

# 21 DE JULIO

Nos levantamos a las 9 de la mañana, después que Norman nos tocará a la puerta y dijera:

- Vamos dormilones...es hora de desayunar.

- Si, ve bajando te alcanzamos enseguida- Le respondí.

A los pocos minutos bajamos, y lo encontramos en el restaurante. Norman estaba devorando su desayuno.

- Yo creo que te levantaste con hambre - Le dije.

- Esa culpa la tiene la bebida de anoche. -Norman me respondió.

Estábamos en medio del desayuno, cuando llegó Andy.

- Hola ¿Cómo están? - Pregunto.

- Hambrientos, después de la bebida de anoche, ¿Y Tu?

- También - Me respondió.

- Siéntate, y pide desayuno.

Andy se sentó a mi lado, llamó al camarero y pidió su desayuno. Comenzamos a conversar y me pregunto:

¿Qué planes tienes para hoy?

- Quisiéramos ir a ver Ia zona Colonial de Centro Habana, Así podríamos almorzar en la Bodeguita del Medio*, y de allí a caminar después para bajar la comida a la Plaza de La Catedral, para tomarnos unas fotos, y para que Miriam vaya de compras. Más tarde, podremos ir a Lawton, para que Miriam, salude a su familia, y llevarles algunos presentes. Luego por la tarde podemos venir a cenar aquí al hotel - Le respondí.

- Me parece bien, voy a llamar al chofer de Ia guaguita, y en media hora estaremos listos.

- OK, le respondi.

Pensando para mi mismo me dije: Todo va a salir como me lo imaginaba, la guagüita debe estar afuera, ahora llamara para informar de nuestra salida a Lawton, que no aparecía en el programa. A la media hora, bajamos los tres. Andy nos esperaba sentado en la carpeta del hotel. En cuanto nos vio exclamó

- Ya estan listos!

- Si - Le contestamos.

Lo seguimos afuera del hotel, donde nos esperaba la misma guaguita y el mismo chofer. Montamos y arrancamos en dirección de La Habana Vieja, vía el Malecón, pasamos por la Embajada Americana, fuertemente custodiada por policías, y una barrera de banderas que han hecho frente. (No comentamos nada) Pasamos por el Hotel Nacional, la calle 23, seguimos y vimos el edificio que había construido El Presidente Batista, ya terminado, y Andy nos dijo que es un Hospital. Seguimos en dirección al castillo de Ia Punta, y ya aquí se veía el deterioro de los edificios, Ia falta de pintura, la falta de mantenimiento, muchos ya en ruinas.

Doblamos y subimos por la calle Prado, todo igual, llegamos al parque Central, vimos todos los antiguos edificios a su alrededor, y más allá el Capitolio Nacional. Pasamos por el Instituto de La Habana y doblamos en dirección al puerto de La Habana, aquí la destrucción es más marcada, parecía una ciudad bombardeada. Por fin llegamos a Ia plaza de Ia Catedral, entramos en un bar y pedimos unas cervezas, (Hacía calor). Miriam, se levantó y se dirigió a ver las chucherías en venta para los turistas, mientras nosotros nos quedamos conversando bajo una sombrilla ocultándonos del sol, y saboreando unas frías cervezas. Sentado bajo la sombrilla, vi a Miriam caminando mientras era escoltada por el chofer. Cuando regresaron se sentaron, y le dije al chofer que si gustaba de un refresco, el cual aceptó. Miriam pidió una cerveza fría, pues ya estaba sintiendo el calor. AI terminar las cervezas nos levantamos y proseguimos en dirección de la Catedral de La Habana, donde nos tomamos algunas fotos. Ya llevábamos dos horas caminando cuando le dije a Andy:

–   Ya son cerca de la una de Ia tarde, creo que es tiempo para ir a almorzar y caminamos un poco hasta Ia Bodeguita del Medio

Andy se adelantó y entró en La Bodeguita. Se le acercó a un camarero y después de hablarle al oído, este se dirigió a otro y le dijo que nos acomodara. Nos sentaron en una mesa que hacía esquina, éramos cinco y el lugar es pequeñito. Le dije a Andy:

Sabes, es la primera vez que pongo los pies en este lugar, a pesar que ya era famoso desde que era joven, nunca lo visite.

Andy empezó a contarme la historia del lugar, mientras ordenamos el almuerzo. Pasamos alegremente más de dos horas, oyendo un trío de guitarras, tocandonos música tradicional cubana, y después de unas cuantas cervezas, pague La cuenta, y le dije a Andy:

– Vamos al Hotel de nuevo, Miriam necesita ir y de paso quiero enseñarte algo.

– Está bien. - Me dijo Andy.

Salimos de Ia Bodeguita, en dirección a la guaguita.

Subimos y nos dirigimos al Hotel Riviera. Llegamos al Hotel, y le dijimos a Andy, que estaríamos listos en media hora y subimos a las habitaciones. Después de ir al baño, y cambiarnos de ropa, ya Miriam había recogido unos paquetes, que llevábamos a la familia. Y yo recogí un presente que tenía para Andy. Llame a Norman, y le dije que íbamos a casa de Ia familia de Miriam, que se portara bien, y nos esperará en el hotel. Bajamos por el elevador y al llegar a la entrada del hotel, allí estaban sentados Andy y el chofer. Les dije:

– Ya estamos listos.

Y seguimos hasta La guaguita. AI sentarme en el asiento posterior al chofer y ya cuando el chofer arrancaba, le di un paquetito a Andy, y le dije en voz baja:

– Este es un presente para ti, guárdalo.

Una vez dentro le dimos la dirección: Calle Armas en Lawton. Y emprendimos el viaje. Subimos por Ia calle Paseo, en el Vedado, y pasamos por Ia Plaza de Ia Revolución, con el monumento a Marti, doblamos por la Avenida de Rancho Boyeros, hasta llegar a la Rotonda frente al Hospital Clínico QuirÚrgico (donde trabajé por un tiempo, hace unos cuantos años) seguimos hasta llegar a Ia calle Lacret en Ia Vibora, y subimos hasta Ia Avenida de Dolores, ya en Lawton. Seguimos hasta Ia calle Armas, doblamos a Ia derecha, y estacionamos frente a la casa de la familia de Miriam. Nos apeamos e invité a Andy a que nos acompañara Tocamos la puerta, y nos abrió la hermana de Miriam, entre gritos de alegría, llamaba a Tony su esposo y entre lágrimas se abrazaron. Yo me vire y le dije a Andy:

- Creo que mejor nos dejas, y recogemos en un par de horas, para ir a cenar al Hotel.

- Entiendo, es una reunión familiar después de muchos años - Me contestó.

Se despidió y se marchó. Una vez que me asegure que se habían marchado, me acerque a Tony y le dije en voz baja:

¿Tienes guardado el paquete?

Claro me ven conmigo deja a las hermanas que conversen, que tienen bastante para entretenerse- dijo Tony, dándome un abrazo,

Caminamos por el hall de la vieja casa de mampostería con techo de viga y losa.

- Es increíble cómo mantienes la casa- Le dije a Tony.

- Mi trabajo me cuesta - Me respondió.

Llegamos a la cocina y pasamos al cuarto del apartamento del fondo. Allí me encontré un viejo, flaquísimo, canoso.

- ¿Usted es Pepe?- Le pregunté. Respondió afirmativamente

- Usted es Pastor?-

- Si! Le conteste.

Dirigiéndome a Tony le dije:

- Déjanos solos. Vuelve con las niñas, (mi esposa y su hermana) y si viene alguien me avisa.

- OK- me respondió Tony marchándose.

Una vez a solas, nos sentamos y le pregunté qué tenía que contarme respecto a lo que su amigo Pedro en Miami me había hablado.

- Yo en realidad no se de que se trata, estoy haciéndole un favor a un amigo, que se ha portado bien conmigo, y me ha ayudado a salir de problemas con la justicia. Incluso consiguió un médico que certificara, que yo estaba loco, y asi me soltaron de Ia cárcel que estaba por desafecto al régimen.

- ¿Cómo te hiciste amigo del?- Le pregunté.

- Poco a poco. Haciéndonos favores mutuamente, él tenía muy pocos amigos. No hablaba con mucha gente, salvo su mujer y su hija, no le conocí más familia. Una vez estando en su casa, yo estaba arreglando una cocina que tenía rota, y tocaron a la puerta. Yo me quedé tranquilito en Ia cocina sin hacer bulla, pues él no quería que me vieran dentro de su casa. Abrió la puerta de la calle y entró un militar amigo de él que venía con un paquete que le mandaba otro militar. Se sentaron en la sala y se pusieron a conversar de diferentes asuntos. Lazaro se levantó y trajo una botella de ron, invitando al amigo. Se dieron unos tragos, y pasaron a una conversación que me llamó La atención. Comenzaron a hablar sobre el gobierno Español, que este había determinado que los nietos de Españoles podían acogerse a la ciudadanía Española, y que eso significaba que los hijos de los dirigentes (Fidel y Raul) tenían asegurado el pasaporte. y que él pensaba hacer lo mismo, pues ya conocía varios ex oficiales que se estaban moviendo en esa línea, para asegurarse el futuro. Después que se fue el militar, él volvió a la cocina, pensativo. Y yo le pregunté qué le preocupaba y me contestó que no tenía sangre de gallegos en sus venas. Que no tenía futuro. Yo le pase la mano por el hombro y le dije que siempre había una forma de buscarse el futuro y que si la encontraba yo lo ayudaría.

Al poco tiempo, me hablo una noche y me dijo que había encontrado algo que quizás le ayudará a buscarse un futuro, pero necesitaba ayuda para buscar un contacto en Ia Yuma*. Yo le pregunte que tipo de contacto. Muy bajito me dijo que alguien del gobierno de allá. Yo le dije que eso era algo difícil pero lo intentaremos. No volvimos a hablar sobre el asunto.

- ¿Cómo puedo hablar con él? Solo tengo cuarenta y ocho horas para hacerlo, pues salimos de viaje en tres días. - Le pregunté.

- Mañana, temprano yo puedo verlo, y darle el recado - Me contestó.

- Bien, dale mi nombre y dile que estoy alojado en el Hotel Riviera, en el Vedado. Le puedes decir que yo fui médico en el Calixto Garcia por muchos años, y que nos conocimos allí.

Por tratar a algún familiar o amigo. Dile como soy, para que me reconozca, y que vaya de uniforme. A propósito,

¿Cómo se llama?- Le pregunté.

Teniente Coronel Lázaro - Me respondió.

- Yo voy a estar almorzando a las doce y comiendo a las siete, estos dos días. Que trate de ir mañana, sin falta. Dile que todo está arreglado para lo que quiere. Tu no hables con nadie de esto.

Metí la mano en el bolsillo, tome cuatro billetes de 100 dólares:

–   Te enviare mas si todo sale bien. A propósito, Que tipo tiene el? - Le pregunté.

–   Es mas bajito que tu, tez bronceada, pelo negro rizado, ojos negros y acento oriental. Camina un poco cojeando del pie derecho, secuela de una herida en la Guerra de Angola.

–   Bueno gracias por todo. Quédate aquí, Tony te traerá algo de comer, trata de irte de noche y toma otro camino para despistar por si te ve alguien.

Dándole un apretón de mano en señal de despedida, regrese a la sala cerrando la puerta del apartamento. Estuvimos conversando sin parar por más de dos horas, hasta que tocaron a la puerta. Tony fue a abrir, era Andy que venía a recogernos. Después de una despedida húmeda, por el llanto, partimos de regreso al Hotel. Llegamos a las nueve de la noche y fuimos directo al restaurante. Allí en seguida los camareros, nos atendieron, mientras yo llamaba a Norman a su habitación.

–   Hola, ya era hora que regresaran, me muero de hambre -Me respondió

–   Pues baja ya que te esperamos en el restaurante - Le conteste.

Cenamos como reyes y después de tomarnos un café. Andy nos preguntó:

–   Qué planes tienen?

–   Como sabes, el día 24 esperamos la llegada de los que faltan para la expedición y se supone que lleguen por Ia mañana. Espero que puedas averiguar la hora aproximada, para no estar todo el día en el aeropuerto. Mañana, pensamos quedarnos en el hotel, para disfrutar de la piscina, y descansar. Si tienes algo sobre las horas de llegada, llámame para prepararnos.

– Esta bien- me dijo Andy.

Con un apretón de mano de despedida, me hizo una seña y agrego:

– Gracias por el regalo. Demasiado para mi, me dijo.

– Tu te lo mereces - Le conteste.

Una vez que Andy se marchó, salimos a sentarnos al lado de la piscina, viendo la luna reflejándose en el mar. Soplaba una brisa riquísima, y nos sentamos los tres a conversar.

Norman le preguntó a Miriam:

– ¿Qué tal te fue con tu familia?

A Miriam, se le aguaron los ojos y le contestó:

Que puedes imaginar después de 27 años sin verlos. Yo cambié la conversación y le dije a Norman:

Yo estoy muy contento.

Norman sonrió. Ya sabía de mi reunión.

Después de un rato con la brisa, decidimos subir a nuestras habitaciones a descansar. Mañana será un día de interrogantes.

## 23 DE JULIO

Nos levantamos temprano, y después de desayunar, subimos a ponernos las trusas y bajamos a la piscina. Nadamos un rato, y nos sentamos a dorarnos bajo el cielo azul tropical, Miriam pidió una pina colada, yo pedí una Margarita y Norman pidió cerveza. Estuvimos hasta cerca de las once en la piscina, subimos a bañarnos y vestirnos para bajar a almorzar. A las doce en punto, estábamos sentados en el restaurante, ordenamos el almuerzo con calma, sin apuro, dando tiempo a ver qué pasaba. Pero nada, nadie aparecía. En eso apareció Andy:

t,Hola como estan? -Nos preguntó.

– Llegas a tiempo siéntate a almorzar con nosotros- Le conteste.

Aceptó enseguida. Llamamos al camarero que ya estaba cerca y pedimos el almuerzo, ya comiendo, me dijo:

– Se del vuelo y me confirmaron que llegará mañana a las tres de la tarde, pues tienen que esperar un vuelo de Japón en el que vienen unos diplomáticos.

– Me alegra eso, así podremos salir a las dos de la tarde de aquí. - Le conteste a Andy.

Después de tomarnos el café, nos despedimos hasta el día siguiente. Pasamos la tarde descansando en las habitaciones, leyendo revistas. A las seis y media ya estaba desesperado por bajar al restaurante. Miriam, me contuvo hasta las siete en punto, en que pasamos por Norman y bajamos al restaurante. Al entrar al oigo una voz que me dice:

Pastor, ¿qué es de tu vida?

Veo a un oficial del ejército cojeando de su pierna derecha que se acerca a mi y me da la mano cordialmente.

– Lazaro qué alegría verte. - Le respondí.

De soslayo veo la sonrisa en los empleados. Como viejos amigos lo invitó a sentarse con nosotros a cenar. Ya comiendo, le susurro:

    – Pepe te conto.

Contesto afmnativamente con la cabeza.

    – Te traje la mitad. La otra mitad allá en EE UU. - Lazaro me dice susurrando.

Me muestra una foto: Son su esposa, su hija de cinco años y él. Bajo el mantel me pasa un sobre, el cual agarro y escondo rápidamente.

    – Pepe te dirá lo que tienes que hacer. En uno o dos días. - Le dije en voz baja. No hablamos más del asunto, seguimos conversando de los buenos tiempos, de cuando atendí a su familia en el Hospital Calixto Garcia. Esto todo dicho en voz alta para que lo oyeran los informantes. Después del café, nos despedimos con un apretón de manos. Subimos a nuestras habitaciones, Miriam me apretó la mano, me veía nervioso, pero no podíamos hablar nada. Nos acostamos temprano. Mañana tendremos trabajo, recibir al resto del team. Ya con las luces apagadas, guardé el sobre sellado en el fajín donde llevaba el dinero para así tenerlo junto a mi todo el tiempo. Traté de dormir, pero no pude. ¿Qué había dentro del sobre? ¿Sería verdad? O (sería una trampa para detenernos?)

Con todo esto en la cabeza solo dormí a ratos.

# LA LLEGADA DEL TEAM

Amaneció, Miriam me dijo:

– Se ve que no dormiste bien.

– No, no pude, son muchas las preocupaciones- Le conteste.

Nos vestimos, y bajamos al restaurante para desayunar.

La mañana concurrió sin novedad, estuvimos en las habitaciones hasta las doce del día. Llamamos a Norman, y bajamos a almorzar. Estábamos sentados en el restaurante, cuando llegó Andy.

– Hola, tengo noticias de que posiblemente el avión llegue antes - Nos dijo.

– OK, nosotros estamos listos. ¿Crees que nos dará tiempo para almorzar?

– Si, pero tenemos que almorzar rápido- Me dijo Andy. Rápidamente, encargamos el almuerzo para Andy y para mí, pues Norman y Miriam se quedarían en el hotel. Terminamos de almorzar. Me despedí de Miriam y Norman. Partí con Andy para el aeropuerto José Martí de La Habana. Llegamos en una media hora. El chofer estacionó en la entrada y Andy y yo nos apeamos dirigiéndonos al edificio de Ia Terminal aérea. Una vez allí, Andy habló con una oficial del aeropuerto que le informó que el vuelo estaba aterrizando en esos momentos. Se viro hacia mi, y me dijo: - Espérame aquí. Voy a acelerar la inmigraci6n.

Me senté en una de las pocas sillas disponibles a esperar que regresara.

Pasó cerca de una hora, se abrió la puerta del Gate y apareció Andy seguido por John, Bill, Tommy, Ben y Hans. A pesar que John habla Español, me saludó en Inglés, al igual que los muchachos.

- ¿Qué tal de viaje?- Le pregunté a John.

- OK, los he tenido peores - Me contestó.

Salimos afuera del aeropuerto, y ya el chofer nos esperaba con otra guagüita además de la nuestra. Le presente a John a Andy y el resto de los muchachos. Montamos en las guaguitas y fuimos de nuevo al Hotel Riviera. Llegamos al Hotel cerca de las cuatro de la tarde, Andy se dirigió a Ia carpeta, y como siempre ya tenían tres habitaciones dobles listas para ellos. Subieron a sus habitaciones para bañarse y descansar. Quedamos en reunirnos en el restaurante a las siete de la noche. Nosotros también subimos a descansar.

Esa noche teníamos una reunión con Andy, para determinar cuando salimos para Fuentes. Mañana será 25 de Julio, hay mucha expectación por ver si aparece Fidel Castro el 26 de Julio, que es Ia fecha de Conmemoración del asalto al Cuartel Moncada en Santiago de Cuba. El estado de salud del mismo preocupaba en Cuba a todo el mundo. Así que posiblemente, no podremos salir hasta el 27, esa era una suposición mía. Habría que esperar a ver qué pasaba esa noche. A las siete de la noche nos encontramos todos en el restaurante. Los muchachos estaban hambrientos tras un día entero sin comer. Ya nos tenían preparado una mesa larga, pues eramos 10 comensales por nuestra parte y dos o tres más por la parte cubana. A poco rato llegó Andy, que venía con dos acompañantes. Se dirigió a mí, y nos presentó a un muchacho como de veinte afios diciendo:

- Este es Carlos. El es el encargado del Departamento de Espeleología de Ia zona que van a visitar y este es Luis, su ayudante. Cuando yo no esté, ellos están encargados de suplir todas sus necesidades, preguntas etc.

Nos sentamos a cenar, cada cual pidió a su gusto. Los norteamericanos casi se comieron una vaca ellos solos. Durante la conversación, salió a relucir la fiesta del 26 de Julio. Por ese motivo, por motivos de seguridad, la salida quedaba postergada para el día 27 de Julio a las 9 de la mañana. Nos recogerá en el Hotel un ómnibus, y nos seguirá un camión con la carga y el avituallamiento. Iríamos hasta el caserío de Caliente, y allí nos esperarian 3 jeeps Rusos, que estarian situados todo el tiempo en el campamento con sus tres choferes. Los tres jeeps y el camión nos acercarán a Ia sierra lo más posible- de allí a pie acamparemos en el resolladero del Río Las Palmas. Después de aclarar todos los puntos, nos despedimos hasta el 27 de Julio.

- Tenemos dos días de descanso - Me dijo John.

- Bueno, vamos a descansar. Mañana tenemos que hablar.- Le conteste a John.

## 25 DE JULIO

Amaneció cuando yo ya estaba levantado dando vueltas por la habitación. Estaba loco por que fueran las 8 de la mañana, hora en que habíamos acordado bajar al restaurante a desayunar.

Miriam se levantó y me dijo:

Que raro, tu de madrugador.

- Vamos vístete, para ver si bajamos a desayunar.

No te apures, todavía falta media hora para las ocho. Al fin bajamos, fuimos los primeros en sentarnos. Al poco rato bajó John, se sentó junto a mi, y el resto fue llegando paulatinamente. Le dije a John:

- Tenemos que hablar después de desayunar.

- Ok.- Me contesto.

Al finalizar, le dijimos a los muchachos que tenían el día para entretenerse en la piscina. Miriam, John y yo nos levantamos y nos dirigimos hacia la puerta del hotel. Bajando por las escaleras, se acercó un muchacho y nos preguntó si necesitábamos un taxi.

Yo le respondí que no, que íbamos a caminar un poco por el Malecón, para bajar el desayuno.

Cruzamos la calle y caminamos en dirección a la desembocadura del río Almendares, esta parte estaba más desierta. Me puse el teléfono auricular y llamé a Tony.

- Oigo - Me contestó.

- Dile a Pepe, que no podemos hablar hasta el día 29 o 30. Rápidamente colgué y guardé el auricular.

- ¿*Qué* pasa?- Me preguntó John.

- Tengo muchas cosas que contarte. La primera es que el 23, me reuní con el pez gordo y me dio parte de la información.

- ¿*Que* dice - Me pregunto John.

- No se, está en un sobre sellado y no me atreví a abrirlo aquí, hay demasiados ojos y oídos. La segunda es que quede en comunicarse con él en dos días, pero no va a ser posible, debido a la demora en la salida para Pinar del Río. Porque primero tienes que coordinar con tus amigos (CIA) el recoger al pez con dos familiares. Eso tendrás que hacerlo cuando estemos en el monte y puedas comunicarte. Después que tengas los datos de donde recogerlo, le mandamos el informe.

- ¿Y el sobre? - Me preguntó John.

- También lo veremos en la caverna o en el monte, en un lugar seguro.

Regresamos al hotel sin ningún problema. Solo nos alejamos dos o tres cuadras así no levantariamos ninguna sospecha. Antes de llegar al hotel, le dije a John:

- Vamos a ver si aparece Fidel. Está muy viejo y enfermo, pero nada me extrañaría.

Almorzamos en la misma piscina. Pasamos el resto del día nadando y conversando de deportes y bebiendo, durmiendo en los reclinables. Ya tarde, subimos a bañarnos, y después bajamos a cenar. Después de cenar nos despedimos de los muchachos y subimos a nuestras habitaciones.

## 26 DE JULIO

Amaneció como un día tranquilo. La televisión oficial solo comentaba acerca del día del acto de celebración. Nosotros por nuestra parte, nos fuimos a la piscina para estar alejados de toda conversación política o de la salud del líder. Al final del día supimos que Fidel no estuvo presente en el acto y que Raul Castro dijo que seguirán en el periodo especial. Eso significaba más cortes en todo y más hambre y necesidades para el pueblo. Además de que la salud del mandatario seguía precaria. Nos acostamos a dormir temprano, pues nos recogerían temprano a la mañana.

## 27 DE JULIO

Amaneció lloviendo. Ya tenemos las maletas hechas y bajamos a desayunar. A las nueve y veinte, llegó Andy disculpándose por la lluvia.

– Ya estamos listos. - Le dije.

Nos dirigimos a la carpeta y pedimos que bajaran las maletas.

El ómnibus estaba parqueado en la entrada y los maleteros estaban colocando las maletas. Ya todas dentro, nos pidieron que abordáramos en ómnibus. Nos sentamos Miriam y yo en el primer asiento a la derecha, mientras que Andy se sentó detrás del chofer junto a otro joven, y nuestros muchachos fueron sentándose a su antojo. Íbamos cómodos. Era un ómnibus de más de treinta asientos y solo eramos ocho, más los dos cubanos. Eran las diez de la mañana, cuando el ómnibus arrancó rumbo a Pinar del Río. Subimos por la calle Paseo, vimos lo que queda de la casa en que vivíamos (solo la parte trasera) y al llegar a la calle Línea, dobló a la derecha en dirección al túnel de la calle Línea y de ahí pasamos por Marianao. Bajando la lorna vimos lo que quedaba del antiguo local del Grupo de Exploraciones. Cruzamos el puente de Ia Lisa y seguimos por la carretera central rumbo a la Ciudad de Pinar del Río. AI pasar por el entronque de Herradura, le dije a Andy:

¿Te acuerdas de la cueva de Rancho Mundito?

Si, esa cueva es un rio subterraneo en lo que es ahora una casa de descanso del Máximo Líder*. -Me contesto.

Seguimos avanzando por la carretera. Después de casi cuatro horas, llegamos a la Ciudad de Pinar del Río. Casi no la reconocí por lo destruida.

Paramos en un Resort turístico. No recuerdo el nombre ya que almorzamos aunque no tan bien como en el hotel. Ya después de almorzar, subimos de nuevo en el ómnibus y seguimos viaje.

Esta vez tomamos la carretera a Guane, estrecha y peligrosa, con viejos puentes de hierro con una sola vía. Las curvas estrechas en las montañas, ponían los pelos de punta. Pasamos por Cabezas, Isabel Maria, y al final llegamos al pueblo de Sumidero. Aquí nos detuvimos frente al parquecito y vimos un camión y tres jeeps rusos estacionados.

- Llegamos. Aquí cambiamos de transporte- dijo Andy, bajamos y fuimos hacia los jeeps. Los choferes cargaban las maletas y mochilas. Yo monté con Miriam y Andy en el primer jeep. Los demás fueron acomodándose en los otros dos jeeps.

Andy dio la orden y todos arrancamos en dirección a Guane. Pasamos por el caserío de Caliente, un poco adelante doblamos a la derecha por un camino vecinal en bastante mal estado. Empezamos a dar brincos de lo lindo, menos mal que no estaba lloviendo. Atrás sentimos el camión jadeando por los vericuetos del camino. Tras más de una bora de brincar de lo lindo, llegamos a un paraje bastante plano junto al río y cerca de la sierra, aproximadamente unos cien metros.

- Aquí!- Grito Andy.

Los jeeps se detuvieron y todos saltamos a estirar las piernas. Andy volvió a dar un grito: ¡A descargar rápido que nos coge la noche!

Los choferes empezaron a descargar los bultos. Mientras que el camión que acababa de llegar, hacía lo mismo con las cajas. Nuestros muchachos corrieron a las cajas de las tiendas de campaña y en un abrir y cerrar de ojos, ya habían armado cuatro en el borde Norte del claro. Cada tienda daba albergue para dos personas. Y en seguida metieron sus mochilas y nuestras maletas. Inmediatamente armaron una tienda grande que servirá para comer y reunirnos, A continuación armaron otras cuatro tiendas en la parte sur, que servirán para los cubanos que nos acompañarian, Después armaron una tienda para guardar comestibles y suministros que ya se acumulaban en una lorna en el centro.

Andy se maravillo de Ia velocidad y destreza de los muchachos, y le dije:

– Ellos están acostumbrados a explorar en lugares más difíciles, con frío, lluvia, hielo o viento.

Antes de anochecer, todo estaba montado y ya encendían los faroles de luz brillante. Aparte, contamos con una pequeña planta eléctrica para emergencias. Me acerque a John y le dije:

– Formidable trabajo, nuestras tiendas junto al río y separadas por la tienda grande de nuestros amigos. Así mantenemos cierta privacidad. Perfecto.

Entre los acompañantes nuevos, Andy me presentó a Cheo, que iba a funcionar como cocinero y se quedaría en el campamento todo el tiempo. También me presento a otro espeleólogo de Ia zona, un tal Malagón. Los muchachos abrieron unas cajas con comestibles y empezaron a distribuirlos entre todos. Había carne enlatada, chocolates etc.

Ya mañana tendremos comida caliente. Cheo ya estaba armando la cocina militar que trajeron a remolque en el último jeep y ya estaba sacando todas las cazuelas. También trajeron unos recipientes con hielo, carne etc. Andy se acercó a nosotros cuando empezaba a caer una escasa llovizna. Nos refugiamos en la carpa grande.

Mañana haremos un desayuno fuerte, pues después partiremos para Ia Caverna y no regresaremos hasta tarde. Exploraremos el primer nivel, así que llevariamos unas balsas pues habría que atravesar el río. El río se extiende por unos 500 metros y sale de Ia derecha de Ia Caverna, esta parte nunca se ha explorado, no se sabe de dónde brota el manantial que suministra el agua. Después continuaremos en la parte seca, aún se puede, ya que cuando aumenten las lluvias se convierte en un torrente. El arroyo que atraviesa la sierra solo tiene agua en época de lluvia.

Siempre antes de salir por la mañana, escucharemos el parte meteorológico, para que no nos sorprenda una inundación en Ia Caverna. Sería muy peligroso. Ya al tanto de los últimos detalles, le dije a Andy:

Vamos a descansar, que mañana nos espera un día agitado.

Ya era noche cerrada cuando nos dirigimos a nuestras tiendas de campaña. La tienda de John, está junto a Ia mia, metí la cabeza en su tienda y le dije en voz baja:

– Falta que Tommy se ponga en contacto con tu gente, y les diga lo de recoger los tres paquetes, en Ia Cueva de Cepero en Camarioca, provincia de Matanzas el día 31. Que esperaran por ellos dos días.

– OK - Me dijo John.

Me meti en mi tienda, y me acosté, pensando que hacer mañana. La brisa de Ia noche se colaba por Ia malla contra insectos y poco a poco me quede dormido.

# 28 DE JULIO

Me despertó el aroma olor del café. Me levanté y bajé por la pendiente al río, a lavarme la cara. Una densa neblina me impidió ver mas de 200 metros de distancia,

John se acercó a mí, y me informó que había hecho la entrega la noche anterior y que esa noche nos contestan. Subimos la pendiente. Miriam bajaba.

–   ¡Nos vemos en la carpa!- Le dije y proseguimos caminando.

Llegamos a la carpa, y sobre una mesa ya Cheo tenía puesta una cafetera con café, leche, azúcar, y unos platos con huevos fritos y tocino. Aparte había panes, y mantequilla. En otra mesa había una jarra con jugo de naranjas con hielo.

–   Magnifico desayuno! - Le dije a Cheo.

Y nos sentamos a comer. Miriam llego y me dijo:

–   No me esperaron.

–   Apúrate, que se acaba! - Le dije.Después que terminamos de desayunar, agarramos las mochilas y partimos rumbo a la entrada de La Caverna. Caminamos junto al río, hasta llegar a un conglomerado de rocas desprendidas de la montaña, producto de derrumbes producidos por la fuerza del torrente, en época de grandes lluvias. Comenzamos a ascender, con bastante trabajo, pues llevábamos bastantes equipos. Llegamos al piso del primer nivel de la Caverna. No era muy amplio, este Resolladero es bastante pequeño, comparado con el Sumidero al norte de la Sierra. Pasamos junto a una pequeña abertura a la derecha, y llame a Andy y le dije:

–   Te recuerdas?

– Sf la luz que nos visitó! -Me dijo Andy riendose. Seguimos ascendiendo por un gran derrumbe, buscando el paso para continuar por el primer nivel. Al fin, Malagón nos gritó que había encontrado el paso. Llegamos al lugar, y ahí estaban las marcas, con la flecha hacia abajo que habíamos pintado al principio de explorar la caverna. Comenzamos a descender por el derrumbe, pasando de mano en mano los faroles, las mochilas y las balsas desinfladas. Llegamos así a una playita junto al río, que utilizamos muchas veces como campamento, en nuestras expediciones. Ahí nos detuvimos y comenzamos a inflar las tres balsas. Como solo cabemos 2 en cada balsa y somos 12 en total, montamos Miriam y yo en una, Carlos, uno de los espeleólogos, monto con Andy y John y Tommy montaron en la última Llevamos en cada balsa un Farol de kerosene a presión y nuestras linternas de casco y alguna mochilas.

Tras navegar por las aguas tranquilas llegamos a la otra rivera y nos apeamos. Carlos regresó con las tres balsas. Al poco rato llegaron de nuevo. Venía Carlos con Norman en Ia primera con la abultada mochila de este último, detrás Bill con Ben. Aún más atrás venían Hans y (el otro espeleólogo cubano) y detrás de ellos venía Malagón, nadando. Ya una vez reunidos, subimos las balsas a un nivel más alto y las amarramos a una gruesa estalagmita para evitar que fueran arrastradas en caso de una inundación súbita. Comenzamos a caminar por la principal galería, que en esta zona es gigantesca. Nuestros reflectores eran incapaces de alcanzar toda su longitud. John me dijo:

Es increíble, me parece que estoy en la I-95.

Hacienda semejanza con el ancho de una principal carretera en EE UU.) Vemos muchas galerías a ambos lados. Tanto en el primer nivel como en otro nivel superior.

Todas esas galerías están inexploradas- Me dijo Andy.

– Vamos a dividirnos en varios grupos, Andy tu con John.

Miriam y yo vamos a explorar esa galería que se ve a la derecha. Norman, Billy y Tommy en compañía de Malagón, pueden continuar por la galería principal, para que la conozcan. Y Carlos puede explorar la galería de la derecha que le sigue a esta con Ben y Hans. Creo que Luis debe quedarse aquí, para que sirva de enlace.- Le conteste.

– Me parece todo correcto- Dijo Andy.

– La cita es aquí en ocho horas. i., Todo entendido?- Les dije.

– Sin problema- respondieron todos.

Nos pusimos en marcha. Nosotros empezamos a ascender por Ia derecha en dirección a una galería que siempre me había interesado pero que nunca pude explorar. Avanzamos rápidamente. Miriam y Andy siempre estaban un poco más atrás, lo que aproveché para decirle a John:

Esta galería se dirige hacia el Este, en dirección a La Caverna de Pío Domingo, y viene a quedar en un nivel superior, sería interesante ver si podemos averiguar si existe alguna conexión.

– Interesante - Dijo John.

Y seguimos caminando, trepando y descendiendo por bloques de rocas desprendidos del techo. Así caminamos por más de dos horas, hasta llegar a un salón con un lago rodeado de bellísimas estalactitas que simulaban una cascada de piedras blancas con reflejos multicolores. Ya estábamos bastante cansados para el primer día, sobre todo nosotros tres, pues John con su edad y su entrenamiento estaba como si nada. Nos detuvimos a descansar.

- Si quieren descansen un tiempo, yo voy a adelantarme un poco a ver si hay algo interesante- Dijo John.

- OK - Le contestamos. John parti6 rapido.

- Es Ia Juventud ...ya nosotros lo sentimos - Le dije a Andy.

- Es verdad - Me contestó.

Nos pusimos a conversar en la intimidad de la oscuridad, y sabiendo que nadie nos oía. Primero me dio las gracias por el reloj Rolex, que le había regalado. Y seguimos hablando de los viejos tiempos, de los amigos, de los que más nunca he sabido de ellos, de los que han muerto, en fm de innumerables cosas.

Tocamos la salud del comandante. Cosa tabú de hablar en público, me dijo que cuando falleciera el mismo, no sabía lo que podría pasar. Nada sería lo mismo.

- Esto se acaba- Me dijo.

Abrimos unas latas de comida, y otras de refresco y nos dimos un atracón. Andy mira su reloj y dijo:

- Llevamos una hora descansando, creo que debemos avanzar un poco para encontrarnos con John.

- OK - Le conteste.

Nos levantamos y proseguimos la marcha. Llevábamos caminando como una hora, cuando vimos la luz del farol del casco de John que regresaba.

- ¿Qué tal?- Le preguntamos.

- Increiblemente bello, hay formaciones dignas de ser fotografiadas.

- Veremos si tenemos tiempo de volver, hay mucho que ver- Le contesté.

- Ya es tarde, tenemos que regresar. Tenemos unas cuantas horas de camino de regreso - dijo Andy. Avanzamos rápidamente y después de tres horas de caminar, llegamos a la galería principal, donde todos nos esperaban. Andy le dijo al resto que partieran de regreso, mientras descansamos unos minutos. Tras 10 minutos de reposo, Andy se levantó y partimos de regreso. Cuando llegamos a La rivera del río subterráneo, ya nos esperaba Luis con las tres balsas. Subimos y navegamos de regreso en silencio. Ascendimos de nuevo por el derrumbe hasta llegar a la entrada, mientras bajaban al campamento, le dije a Andy:

- Vamos a quedarnos unos minutos para que Miriam pueda bañarse en el río.

- Esta bien, eso mismo voy a hacer yo más abajo en el recodo con los muchachos, nos vemos para comer - Me contestó.

Nos quedamos Miriam y yo solos, aprovechamos para bañarnos y le dije:

- ¿Cuántos afios han pasado desde que nos bañamos en este río?

- Demasiados - Me contesto Miriam.

Nos vestimos con una muda limpia de ropa que habíamos dejado en una mochila en la entrada, y bajamos en dirección del campamento. Llegamos al campamento ya anocheciendo. El olor a comida invadía el aire, abriéndonos más el apetito. Todos estaban sentados a las mesas, y Cheo diligentemente acercaba las enormes cazuelas con frijoles negros, yuca hervida, y arriba de un asador un enorme puerco doradito nos esperaba.

Los muchachos abrieron latas de cerveza y las repartieron a todos. A la vez comenzamos a devorar la deliciosa cena. Cuando finalizamos, llegué a mi tienda y traje cuatro botellas de Guayabita del Pinar, un ron local. Todo el mundo se puso contento. Así estuvieron tomando, hasta tarde en la noche. John se me acercó y me dijo que el "paquete" sería recogido el primero de agosto a las tres de la madrugada. En caso de algún problema, se repetiría la misma operación al día siguiente a la misma hora. El corazón me latió más rápido. Tenía que comunicarme esa noche sin falta. Me despedí de todos, sobre todo de los cubanos que estaban un poco pasados de bebida y le dije a Miriam:

– Es hora de dormir.

Una vez en la tienda de campaña, tomé el teléfono, me puse el auricular y llamé a un teléfono en EEUU que me conectaría con Tony en su casa de La Habana. Rin, Rin, sonaba el teléfono. Al fin me contesto Tony:

– Buenas, ¿*Cómo* estás? Es el Reverendo. Es para decirte que la Iglesia le manda los paquetes de medicinas el 31 de Julio. Que van a Ia provincia de Matanzas a casa de un feligrés llamado Bonifacio que vive al pasar el puente a la entrada del Varadero, díselo temprano a Pepe.

– OK - Contesto Tony y colgo rapidamente.

Acto seguido llamé a Marta a su casa en la Florida. Me respondió medio dormida y le dije que tomara un papel y un lápiz.

– ¿Ya los tienes? - Le pregunté.

– Si- Me contestó ella.

– Llama urgentemente a tu Papa y dile que lo va visitar un amigo mio con dos personas más. Que lo lleve a la finca el mismo día. No me falles.

– Esta bien- Me contestó y colgó.

Ojala y no se le olvide pensé. Solo quedaba esperar. Agotado como estaba, no tardé en dormirme.

## 29 DE JULIO

Amaneció más claro. Nos despertó el olor a café recién colado. Continuamos la rutina de lavarnos la cara en el río y subir a la tienda principal a desayunar. Allí nos encontramos todos y comentando las peripecias del día anterior. Después de desayunar, cargamos con las mochilas, y nos dirigimos de nuevo a la caverna. Comenzamos de nuevo a cruzar el derrumbe y bajar al nivel principal. Navegamos de nuevo en las balsas y una vez en la orilla, empezamos a distribuirnos el trabajo. Esta vez, Andy quería ir por la segunda galería que exploraron el y Carlos el día anterior. Ben y Hans habían encontrado gran cantidad de fósiles de Ammonites.

Ben y Hans quisieron irse con Malagón a explorar la galería principal. Y yo les dije que estamos un poco cansados debido al día de ayer y que nos quedamos por los alrededores, cerca de Luis y del punto de reunión. Esta vez pusieron hora de retorno en seis horas. Se despidieron y cada grupo se fue por su lado. A los pocos momentos le dije a Luis que iríamos a explorar una galería a la izquierda que lucía más amplia para caminar. John, Norman, Miriam y yo partimos lentamente. No habíamos caminado unos cien metros cuando le pregunté a Norman si había traído el detector de radioactividad. Este me respondió afirmativamente.

Entonces apresuramos el paso. A unos trescientos metros doblamos por una galeria ala derecha y senale una abertura que se abria en un nivel mas alto.

– Por allí- Le dije a John.

Este subió rápidamente mientras nos ayudaba a subir a nosotros. Seguimos caminando, casi corriendo por más de trescientos metros, hasta que me detuve en un derrumbe.

– ¡Llegamos! - Exclame.

Norman se adelantó caminando por el derrumbe con el detector de radioactividad en su mano y de pronto todos oímos el repiqueteo del aparato. Norman lo soltó y empezó a mover rocas acompañado por John y yo. Sudorosos, al poco rato, vimos una superficie metálica que brillaba bajo nuestras luces. Vimos el reloj, podemos trabajar por dos horas les dije, continuamos en una labor titánica, hasta que Norman encontró lo que parecía ser una escotilla de entrada.

– Y ahora qué hacemos? - Le pregunté a Norman.

– No se...Tenemos que entrar. Pero no se como. - Me respondió.

– Ya no tenemos tiempo. Vamos a regresar. Después veremos cómo resolvemos el problema.

Emprendimos la marcha rápidamente, para no demorarnos, dejamos un farol de kerosene y un tanque de repuesto. Llegamos al punto de reunión con buen tiempo, Luis estaba durmiendo con una botella de Guayabita del Pinar medio vacía. Lo despertamos, y le dimos a guardar la botella. No convenía que Andy la viera. Le dimos conversación para despertarlo bien. A la media hora llegaron Andy y su grupo muy contentos con un bello ejemplar de Ammonites. Veinte minutos más tarde, llegó el resto del team, partimos inmediatamente de regreso. Llegamos más temprano al campamento, al llegar le dije a Andy:

- Creo que mañana podríamos coger el día de descanso y si te recuerdas, dijimos que queríamos hacer un poco de buceo.

- Es verdad y el descanso no nos viene mal. Voy a coordinar para ir mañana por Ia mañana - Me contestó.

- -Prefiero quedarme a descansar- Dijo Norman.

    Lo mismo quiero hacer yo - Dijo Hans.

- -Está bien, así iremos en dos jeeps por la mañana- Conteste yo.

Le dije a John que trajera unas botellas de ron, pero que fueran dos de las preparadas (para producir diarreas) para entregarla a los choferes especialmente. Hechos los arreglos, nos dirigimos a dormir, no sin antes decirle a Norman, que tenía todo el día para colarse en la caverna con sus equipos a ver si podía hacer algo. Hans se quedará para ayudarte y quitarte a los mirones, pero recuerda tienes que estar aquí a más tardar a la cinco de la tarde.

- OK- Me dijo y se fue a dormir.

John me comentó que mandaría el aviso para que vengan los dos que faltan. Y se metió en su tienda. Oíamos música desde la carpa, grande y conversación. Muy buena bulla, me dije. Eran las siete de la noche, ojalá que los muchachos lleguen sin novedad.

## 30 DE JULIO

Despertamos temprano. Los choferes y Luis el espeleólogo, estaban constantemente de corredera para el baño.

- Parece que algo les cayó mal - Me dijo Andy.

- Note preocupes. Ya les di unas cucharadas y tabletas para que tomen cada cuatro horas - Le conteste.

- Pero así no pueden manejar. - Me dijo Andy.

- Si pero acuerdate que yo he manejado estos jeeps antes y tu puedes manejar el otro. Yo solo tengo que seguirte.

No le gustó mucho la idea, pero al fin lo convencimos. Salimos con nuestras trusas muy contentos. Pasamos por el Pueblo de Sumidero y tomamos rumbo Norte. Cruzamos por el caserío de Gramales y llegamos al Puerto de Santa Lucía. Llegamos hasta el muelle, que no había nadie, Andy parqueo allí mismo, mientras yo estacione al otro lado de la carretera debajo de unos árboles que daban bastante sombra, me baje y fui a conversar con Andy, para entretenerlo.

- Vamos a llegarnos un momento al pueblo para avisar a los guarda fronteras quienes somos y lo que vamos a hacer - Me dijo Andy.

Me subí junto a él en el jeep, y llegamos al cuartelito, donde había dos hombres con unos AK quienes nos dieron el alto. Andy se identificó, y me presentó como integrante de la expedición. Mientras tanto, John había contactado con Charles y Jeff que estaban bien metidos en la maleza, cargaron las mochilas con explosivos, armas y las ocultaron bajo unas frazadas.

Estuvimos desde las 10 hasta cerca de la una chapoteando en el agua y tomando ron con moderación. A la una montamos en los carros y partimos de regreso para Fuentes. Pasamos por Sumidero. Doblamos ala derecha rumbo a Caliente, de ahi pasamos al camino vecinal, dando saltos, basta cerca del campamento donde les dije a Charles y Jeff que brincaran para ocultarse y les sembramos el camino de mochilas para que ocultaran. Ya ellos estaban instruidos de cruzar el río y que se dirigieran a la sierra a unos doscientos metros del resolladero del río. Allí encontrarian una pequeña cueva, que se comunicaba con la galería principal, pero que era de difícil acceso. Tendrían que arrastrarse como 100 pies con los equipos antes de poder llegar a un lugar donde podrían pararse. Ahí había una salida superior de unos ocho metros, donde podrán acampar alejados de todo peligro y donde podrían hablar y oír nuestras indicaciones.

Seguimos hasta llegar al campamento, y allí nos recibieron todos con alegría. Sobre todo Norman, que lucía más contento que nunca. Los otros ya se habían recuperado de las diarreas y me dieron las gracias por las medicinas. Estuvimos un rato conversando, mientras esperábamos la comida y no pude contenerme, le pregunte a Norman:

– Como esta todo?

– Luego te cuento.- Me contestó.

Terminamos de comer y mientras los muchachos se sentaban al lado de una hoguera a conversar y darse unos tragos, aproveche para llegarme a la tienda de Norman. Allí estaba John también esperándome. Norman comenzó a contarnos como la había pasado en la caverna ese día mientras nosotros andábamos por la costa. Primero nos contó que se fue al río y de allí, tratando de no ser visto por el cocinero y los muchachos que estaban ocupados con las diarreas, cruzó hasta el resolladero del río, penetró en la caverna y sin pensarlo corrió hasta el lugar del hallazgo.

Una vez allí, encendió el farol que habíamos dejado y comenzó a extraer los equipos que había llevado. Lo primero que hizo fue comprobar que el objeto contenía electricidad al igual que una fuerza magnética. Tras comprobar que se encontraba en lo que parecía ser una escotilla, sacó una computadora especializada en descifrar combinaciones, también otra de descifrar claves y/o idiomas. Allí dejo conectadas las computadoras, mientras exploraba los alrededores del derrumbe. Al cabo de una hora regresó, pero las computadoras no habían encontrado nada.

Se sentó y al cabo de un poco rato en la oscuridad se quedó dormido. Se despertó cuando una de las computadoras dio una señal. Se acercó y vio una clave en signos que no pudo comprender. Salvo Ia data en la computadora y apreto el boton de entrada. Su sorpresa fue mayúscula cuando la escotilla se abrió y pudo observar un interior brilloso bajo una tenue luz violeta.

Sin pensarlo tomó las computadoras y entró. Todo lo que había eran paredes metálicas, lisas y brillantes. Algunos signos en distintas paredes y otra escotilla hacia un lado. Miro el reloj, y vio que ya era tarde y tenía que regresar antes que notaran su ausencia, saco las computadoras. Apagó el farol afuera, y tras rellenar de kerosene el tanque del farol, emprendió el regreso con el tanque vacío. John y yo nos quedamos con la boca abierta.

– Eso es algo de fuera de Ia tierra, Y cuantos años hace que pasó el accidente? - Dijo John.

– Por lo que parece, eso pasó cuando ya la caverna existía, pues al caer sobre el techo de los niveles superiores, se produjo el derrumbe. Por lo tanto no es algo que ocurrió hace millones de años. Pudo ser en algún momento de la época actual o un poco antes. Pero que tengamos noticia, no hay nada en Ia historia contemporánea que hable de ningún terremoto o explosion por esta zona- Comente.

Me dirigí a John, y le dije:

– Mañana comunícate con Charles y Jeff. Que pasen a través de La galería y se estacionen en los alrededores de Ia nave. Así estarán listos para instalar los explosivos, mientras Norman trata de encontrar algo más. Que salgan a la entrada de la galería todas las noches a las doce. Para poder comunicarnos. Norman recuerda llevar una cámara fotográfica. John, mañana te diriges con Norman a esa zona.

Podemos decirle a Andy, que se van a quedar por la entrada a colectar especímenes biológicos. Tienen menos de seis horas antes de que regresemos.

– Ok- Respondieron y nos fuimos a dormir.

## 31 DE JULIO

Nos levantamos, con el aromático olor a café, y cuando salimos de las tiendas una fuerte brisa nos azotó el rostro. El cielo estaba gris y presagiaba tormenta. Andy se acercó a nosotros, y nos dijo que el parte meteorológico indicaba fuertes lluvias y era peligroso explorar. El sugería que esperemos a mañana, pues posiblemente serían dos días de mal tiempo. Me dijo que tenía que ir a la ciudad de Pinar del Río, y que el camión iba a buscar más suministros. Esperaban estar de regreso mañana por la mañana. Le dije que no se preocupara, que íbamos a descansar. Después de desayunar Andy partió en uno de los jeeps y el camión lo siguió. Nos sentamos a conversar en la carpa, mientras la lluvia arreciaba. John me dijo:

– Ahora es el momento, entretengan a los cubanos mientras Norman y yo desapareceremos.

Norman y John corrieron a sus tiendas, y el resto nos quedamos conversando en la carpa y comenzamos a jugar dominó. Al poco rato Norman y John se deslizaron por detrás de las tiendas bajo la intensa lluvia hacia la Caverna. Yo pensé: Ojalá que no se inunde la caverna, pues va a ser difícil que puedan salir.

John y Norman llegaron al resolladero y pudieron cruzar el derrumbe sin contratiempos. Ya allí siguieron por la galería lateral buscando el escondite de Charles y Jeff. Tras más de media hora de búsqueda dieron con la galería. Charles grito:

- John!

Y este respondi6:

Aquí estamos! - Encendiendo los faroles de su casco.

Una vez reunidos, John les explicó que cambiarían de domicilio, y cargando las pesadas mochilas ayudados por John y Norman, emprendieron el camino hacia la nave. Tras 45 minutos de marcha, llegaron al salón del desplome, donde se encontraba la nave.

- ¿Qué es eso?- Preguntaron al unísono Charles y Jeff.

- Lo que vinimos a buscar- Contestó John.

Y volviéndose hacia Norman, le dijo:

Yo parto con Jeff ahora. Nos encontraremos dentro de cuatro horas en la galería principal. Regresa con Charles, para que después ellos dos regresen aquí, mientras nosotros regresamos al campamento.

- ¿Qué vas a hacer?- Preguntó Norman.

- Voy a regresar a La galería principal y de allí subir a La galería superior a Ia derecha, que exploramos el primer día.

- ¿Qué encontraste?- Le preguntó Norman.

- Algo sumamente interesante- Contestó.

Jeff cogió una mochila con explosivos. John y él partieron rápidamente. Partieron corriendo. Norman se introducía en la nave, con más equipos. John y Jeff, habían llegado a la galería, y tras subir La pesada mochila, continuaron el andar a toda velocidad. Jeff, le preguntó a John:

- ¿Dónde está el fuego? ¿Por qué tenemos que correr tanto?

- La distancia que tenemos que recorrer es grande

No tenemos un momento que perder.- John le contestó.

- La galería principal corre de Sur a Norte, pero esta galería corre de Oeste a Este, a lo largo de la sierra, y al parecer comunica con otra caverna que ya yo visité el primer día que estuvimos aquí pero solo por unos segundos. Hoy vamos a enterarnos más de lo que vi el primer día.

Caminaron con dificultad por dos horas, hasta que John dijo:

¡Silencio!

Se quedaron sin moverse, por unos minutos en Ia oscuridad absoluta, basta que pudieron identificar el lejano sonido de unas voces. Tras desaparecer las voces, avanzaron lentamente, usando las luces esporádicamente, hasta que divisaron una claridad que venía del suelo. Avanzaron lentamente y llegaron al borde de una pequeña abertura en el piso. Cuando miraron hacia abajo, se quedaron pasmados. Un salón gigantesco de más de mil metros de largo visible pues una curvatura en las paredes impedía ver el resto, iluminados con luz eléctrica, y sobre el piso en pilas gigantescas lo que parecían ser proyectiles o bombas. Parecía ser un tremendo arsenal. Lo interesante era que no lucían ser proyectiles convencionales. Por su forma me recordaron a los proyectiles rusos para guerra química o bacteriológica. En eso entraron dos individuos empujando una carretilla con una grúa y un proyectil. Ambos venian protegidos por uniformes amarillos, con guantes, botas y protectores de cabeza con una pequeña abertura con cristal.

– Sin duda se tratan de proyectiles bacteriológicos - Dijo John susurrándole a Jeff.

Y sacando una pequeñísima cámara tiró varias fotos infrarrojas para evitar ser detectados. Se retiraron lentamente del borde. John le dijo a Jeff:

– Vamos a colocar los explosivos ocultos y vamos a preparar la mochila para que despues de una explosion aqui en la galería caiga y explote abajo con varios minutos de diferencia, para aseguramos que explote abajo.

Terminaron la labor rápidamente, ocultando todo vestigio, y emprendieron el regreso. Ahora liberados de las cargas de explosivos, estaban más ligeros y podían avanzar más rápidamente. Agotados llegaron a La galería principal, encontrando un ruido ensordecedor. El nivel del agua había subido como tres pies. Del otro lado se encontraban Norman y Charles. Que llevaban largo rato esperando.

– Al fin regresaron. Si No nos apuramos no vamos a poder salir de aquí.- Dijo Norman

John y Jeff cruzaron con trabajo la corriente, ayudados por una soga que les tiró Charles. John les dijo a Charles y Jeff que regresaran a Ia nave, que él y Norman tratarian de regresar al campamento. Ya en marcha tratando de huir del torrente, ascendieron por los derrumbes, tratando de encontrar una vía para la salida. El nivel del río continuaba ascendiendo, haciendo más difícil el camino, ya estaban metidos en el agua, hasta que John le gritó a Norman:

– ¡Aquí está el camino!

Estirando la mano alcanzó a Norman, cuando ya estaba a punto de caerse en el torrente. Lo levantó en peso y lo puso en el borde de una roca.

- Gracias. Me salvaste el pellejo - Le dijo Norman.

- No es nada pero vamos, no podemos demorarnos, ya es bastante tarde. - Dijo John.

En el camino de regreso, John le preguntó:

- ¿Qué tal te fue hoy?

- Mal- Contestó Norman.- No es fácil.

- ¿Y Charles pudo colocar los explosivos?

- Creo que sí.-Contestó Norman.

Al fin llegaron a la salida. El río crecido formaba un turbulento y ruidoso conjunto. Y el tiempo no se quedaba atrás. Torrentes aguaceros y relámpagos adornaban una tarde gris. Tras caminar entre el fango, enterrándose continuamente, llegaron al fm al campamento. Subieron por Ia pendiente del río, con tremendo trabajo, cayendo y rodando hasta el río nuevamente, hasta que tras mil intentos lograron llegar a su tienda de campaña. Exhaustos, se cambiaron de ropa. Y caminaron hacia la tienda principal.

- ¿Dónde andaban? - Les pregunté.

- Jugando con agua.- Me contestó Norman.

Aprovechando que no había extraños por los alrededores. John me dijo que había encontrado cosas interesantes.

- A propósito hoy es 31. ¿Habrán recogido los paquetes? - Le pregunté.

- Nos enteraremos por la madrugada - Respondió John.

- ¡Ah! Por cierto, tenemos que hablar de algo que se nos ha pasado con tantas actividades. Después de la comida, nos vemos en mi tienda. - Le conteste.

Seguimos conversando, hasta que nos sentamos a comer una comida típica: arroz blanco, picadillo y plátanos maduros fritos. Después de comer nos dimos un traguito de whiskey para entrar en calor, pues la humedad y el fresquito nos hacía sentir frío. Dejamos la botella en la mesa para que los cubanos se divirtieran y nos dieran tiempo para conversar. John, Miriam y yo nos dirigimos hacia mi tienda de campaña. Ya una vez adentro, le dije a John:Tenemos el sobre que nos entregó nuestro amigo (refiriéndonos al Teniente Coronel Lazaro) y no lo hemos abierto. Creo que es bora de enterarnos.,*¿no crees?*

En eso sentimos el ruido de dos jeeps que se acercaban. Salimos de la tienda, en el momento que se detenían, y vimos varios soldados que se apeaban. Un oficial se dirigió a Malagón, y saludándolo (lucían como viejos conocidos) comenzó a hablar en voz baja con él. Ambos gesticulaba, y pude escuchar que Malagon le decía que todos estaban allí, que los únicos que no estaban eran Andy y el chofer del camión, que estaban para Pinar del Río.

Siguieron conversando más tranquilamente por unos minutos, y después se despidió de Malagón. Montaron en sus carros, y se marcharon.

Tras partir, Malagón llamó al resto de los cubanos y se pusieron a conversar en una esquina del campamento. Nosotros nos refugiamos en nuestras tiendas, pues la lluvia seguía. Ya en mi tienda, me acosté pensando: *¿Qué* habrá sucedido para que esos militares discutieran con Malagon? Pensando y pensando, arrullado por el ruido de la lluvia y el sonido del turbulento río, me quedé dormido.

# 1RO DE AGOSTO

Nos despertamos, todavía con el ruido de la lluvia. Nos dirigimos a la carpa y ya allí, Cheo nos tenía el desayuno preparado y desayunamos. Nos pusimos a conversar. Hoy parecía un día perdido, pues la lluvia era torrencial.

Aproveche, que estaba cerca de Malagón, y comencé a conversar con él. Le pregunté qué edad tenía. Que el apellido de él me parecía conocido. Él me contestó que él era nacido y criado en Pinar del Río y que todavía seguían viviendo en Ia Cooperativa Moncada, en el valle de Isabel Maria. Le dije:

Entonces tu eres de los Malagon de Isabel Maria.

Yo conocí posiblemente a tu abuelo.

- ¿De verdad? - Me contestó.

Si, cuando explore la caverna de Santo Tomas, hace muchísimos años. - Le respondí.

- ¿Y pudiste entrar allí? (Seguro pensando que siempre había sido una zona militar) Pues por su edad, cerca de veinte afios, siempre Ia conoció como tal.

- Si...entre muchísimas veces, primero con Nunez Jimenez cuando buscábamos la conexión entre galerías, después con Fernando Jimenez cuando todavía había galerías que eran para uso militar, después que se llevaron los cohetes de allí.

Él escuchaba con la boca abierta, pues no podía entender como un "extranjero" (Cubano exiliado) podía conocer tanto de su tierra, incluso conocer a su familia. Seguimos conversando largo rato, sobre anécdotas de la zona de Isabel Maria (no quise hablar de esta zona) pero no pude sacarle nada de la visita de los militares. Después de conversar por largo rato, me dijo que no podríamos explorar por las condiciones del tiempo. Así que después de un rato, me dirigí bajo La lluvia hacia mi tienda de campaña, pasando por la de John. En la tienda de John estaban el y Norman.

- Hoy se estropeo el trabajo, no hay quien pueda pasar el torrente de Ia entrada.- Me dijo Norman.

- Si, ya se. - Le conteste

Y dirigiéndome a John le pregunté:

- ¿Qué habrá pasado para que esos militares hayan venido a discutir con Malagon?

No se, pero me imagino algo.- Me contestó John

- Que? - Le pregunté.

Bajando la voz, que ya era difícil de escuchar con el ruido de Ia lluvia, me dijo:

- Descubrimos algo en la galería que va al este de la misma que exploramos el primer día.

- ¿Qué descubrieron?- Indague.

- Por Ia distancia que caminamos, suponemos que es una galería superior que comunica por un pequeño orificio con el techo de una gran caverna, posiblemente Ia Cavema de Pío Domingo.

- Caminaron bastante, yo creo que más de 2 millas. - Le comente.

- Si, pero lo importante es lo que vimos allí.- Contestó John.

- Acaba de decirme - Le dije impacientemente.

- Bueno luce como un gigantesco depósito de municiones, pero muy especiales. - Me contestó.

- Como que?

- Como armas bacteriológicas. - Respondió John.

- ¿Y que tiene que ver eso con la visita de los militares?

- Quizás ellos tengan censores y hayan detectado algo de nuestra visita. - Me respondió.

- Eso me preocupa. Tenemos que tomar medidas para poder finalizar nuestro trabajo. Trataré de comunicarme con los muchachos.

Ellos salen a la entrada de la pequeña cueva por donde entran todos los días a las 12 de la noche. Y a propósito, ¿sabes si recogieron los paquetes?

- A pesar del mal tiempo recogieron 6 paquetes.

- Seis? - Pregunte.

- Si al parecer hubieron tres más que no estaban en Ia lista, pero a pesar de eso no hubo contratiempos. El mal tiempo ayudó.

- ¿Quienes eran los otros tres? - Le pregunté.

- No se.- Respondió John.- Ya nos enteraremos.

Asi paso el dia tranquilamente, ya después del mediodía el tiempo empezó a aclarar. La lluvia cesó por completo a eso de las dos de la tarde, pero el río se mantenía turbulento.

Después de la comida, le pregunté a Malagón por Andy y me dijo que llegaría al otro día temprano, pues el camino estaba ahora intransitable. Después de conversar un rato, nos fuimos a dormir.

## 2 DE AGOSTO

Desperté con el ruido de unos motores que se acercaban, nos levantamos y nos dirigimos hacia la tienda. Nos sentamos a esperar el desayuno, mientras sentíamos el jadeo forzado de los motores en su lucha por vencer el mar de lodo del camino.

AI fin llegaron. Eran como las nueve de la mañana cuando Andy se apeó del jeep y tras él, el chofer del camión. Nos saludamos efusivamente, mientras descargaban el camión de cajas de comida y un saco de pan, que puso muy contentos a todos. Después Malagón llamó a Andy, y se fueron a su tienda a conversar.

Tras unos minutos de conversación, salieron sonrientes y se dirigieron a la tienda principal. Allí comenzamos a conversar, y Andy nos dijo que para mañana esperaban buen tiempo, y que podríamos regresar a la caverna. Al parecer no había problemas o el no le dio importancia al asunto. Trajeron unos periódicos y revistas, para entretenernos, mientras los muchachos organizaron un juego de dominó. Pasamos el día aburridos, pero ya en Ia tarde el río había bajado a su nivel y había desaparecido el ruido ensordecedor del torrente.

– Todo luce bien para mañana John. Veremos cómo hacemos para mandar a Norman a su zona de trabajo Comente.

– No te preocupes. - Me dijo John.- Él va en mi equipo, con Bill y Tommy y al cubano que nos asignen. Mandamos otro equipo con Ben y Hans. Tu coges el otro equipo con Miriam y posiblemente Andy. A propósito, ya hablamos con los muchachos ayer por la noche, y ya terminaron el trabajo. También encontraron una pequeña galería que los condujo al exterior en lo alto de Ia sierra, y también Ia dejaron preparada con explosivos.

Ya más optimista, nos fuimos a dormir temprano.

## 3 DE AGOSTO

Amaneció como de costumbre, con el típico olor a café recién colado. Después de desayunar, Andy nos dijo que era hora de empezar a caminar hacia la entrada. Cargamos nuestras mochilas y nos dirigimos hacia el resolladero del río (la entrada sur de la caverna de Fuentes), ascendimos los derrumbes y llegamos al nivel principal, seguimos caminando por los derrumbes hasta llegar a Ia flecha marcada en Ia roca, bajamos por el derrumbe y llegamos a la playita. Encontramos las balsas que habían sobrevivido a la inundación pero algunas de las cosas que dejaron en la playita habían desaparecido, el agua se las llevó.

Comenzamos a navegar por turnos hasta la otra orilla y ya una vez reunidos, organizamos los equipos, Andy puso a Malagón en el team de John y a Carlos con Ben y Hans. Andy siguió con nosotros y Luis.

Comenzamos a caminar y John se dirigió más adelante pasando por la galería a la izquierda que conducia a nuestro objetivo y siguió unos 400 metros para encontrar una galería superior a la izquierda, bastante alta por lo que tuvieron que utilizar técnicas de alpinismo. Norman les dijo que no podía seguir subiendo, que los esperaba allí, pues era muy viejo y no podía. John estuvo de acuerdo y prosiguió con

Bill, Tommy y Malagón. John se dirigió a Norman y le hizo una señal con los cinco dedos y un guiño de ojos. (le estaba diciendo que tenía cinco horas para ir a trabajar). Partieron de inmediato, continuando la peligrosa subida y ayudándose mutuamente, lograron llegar a una galería de grandes proporciones y que continuaba al mismo nivel con otra galería hacia el este del otro lado de la galería principal. Tras descansar unos minutos, vieron a Norman descender al nivel principal de la caverna, y sentarse arriba de una roca Al fin, John y su grupo se levantó y gritándole a Norman en señal de despedida partieron a explorar la galería. Esta galería estaba adornada con infinidad de estalactitas y estalagmitas y el piso con blancas fuentes donde caían las gotas de agua que hacían crecer estas formaciones. Aquí se veía que el río no llegaba a este nivel por largo tiempo. Admirando las bellezas continuaron su marcha.

Tras esperar varios minutos, Norman se levantó y partió rápidamente, en dirección a la nave. Tras media hora de marcha, más bien corriendo, llegó sudoroso a la nave donde lo esperaban Charles y Jeff. Inmediatamente, se introdujo en la nave acompañado de Jeff, y comenzó a utilizar sus equipos en lo que parecía una puerta. Aquí coloco la computadora con la que había conseguido descifrar la combinación de la entrada. Esta vez fue más rápida la computadora, utilizando la data salvada de la puerta anterior. La puerta se abri6 silenciosamente y pudieron observar dos asientos, y en frente de ellos multitud de luces que cambiaban de color, alrededor de lo que lucia ser una pantalla no iluminada. Jeffy Norman se quedaron con la boca abierta mientras contemplaban el hallazgo.

Esto parece ser una cabina de control. Pero todo está vacío. l Y si alguien manejo esto? ¿Cómo es que no hay restos de nadie?- Preguntó Jeff.

Entraron al salón, y comenzaron a registrar.

- No toques nada, pues no sabemos qué puede pasar- Dijo Norman.

Después de dar varias vueltas, sin encontrar nada. Norman sacó una pequeña cámara y comenzó a tomar fotos en diferentes ángulos. Al tomar una en dirección de lo que lucía una pantalla, al darle la luz del flash, la pantalla tomó vida iluminandose de pronto, apareciendo unos signos raros en Ia misma.

Norman se sentó en la silla de Ia derecha, tratando de analizar los signos y conectando la otra computadora a la nave. Revisando las luces que se encendían en lo que parecía ser un panel de instrumentos, comenzó por pasar su mano sobre uno que se había encendido al iluminarse la pantalla. AI pasar la mano sobre la luz, este cambio de color de rojo a azul y la pantalla parecio cobrar mas vida. Apareció un mapa celeste, con cientos de estrellas y un sol, cambió la vista y se dirigió hacia lo que parecía ser un planeta. Nelson tomó fotos del mapa celeste. Paso Ia mano sobre la luz de nuevo, y el planeta fue acercándose cada vez más, basta que pudieron ver a vuelo de pájaro, verdes extensiones de tierra, atravesadas por corrientes de agua. Volvió a pasar la mano sobre la luz y descendieron a lugares habitados, edificios con líneas arquitectónicas completamente distintas a las conocidas en la tierra. Repitio la operaci6n y aparecio una figura parecida a un humano, pero mas aplanada lateralmente, con una cabeza mayor que las nuestras y unos ojos negros, pequenos, penetrantes, cubierto con un gorro, parecido al cuero, que le llegaba hasta el pecho. Unas largas y afiladas extremidades superiores terminaban en unas manos finas con dedos muy largos.

Sintieron un escalofrío cuando oyeron una voz fina, pero dulce con un timbre musical que les hablaba en un idioma que no entendian, ni Ia computadora había podido descifrar. Tan absortos estaban, que no oían a Charles que les gritaba. AI fin Norman y Jeff se recuperaron del shock emocional, y Norman le preguntó a Charles:

–   Que pasa?

–   Que es hora que partas, se te ha hecho tarde - Le contesto.

Norman se levantó de la silla y automáticamente la pantalla se apagó. Salieron de la nave, y Norman partió hacia el punto de reunión. Tras media hora corriendo, llego justo en el momento que se veían luces en la galería superior. Era John que regresaba con su equipo. Norman se sentó sobre una piedra agotado por el esfuerzo físico y el estrés emocional. Ya cuando se asomaban John y su grupo, se sentía la risa del otro grupo que retomaba de la galería principal. Miriam, Andy, Luis y Yo. Llegamos todos al punto de reunión, y emprendimos el regreso a la entrada de la caverna. Llegamos tarde al campamento. Fuimos al río a banamos, los hombres fueron al recodo sur del río, mientras Miriam y yo lo haciamos en dirección opuesta. Volvimos más frescos a la tienda principal, donde nos esperaba una suculenta comida. Después de conversar un rato, nos dirigimos a nuestras tiendas de campaña con el propósito de acostarnos a dormir. John me hizo una seña y pase junto a su tienda. Allí nos juntamos con Norman, que con los ojos abiertos como los de un loco, nos contó los pormenores del hallazgo del día. Norman estaba desesperado por volver.

– Vamos a ver si puedes volver mañana, pero tenemos que tener cuidado para que no se vayan a dar cuenta. Mañana, conversaremos. - Le dije.

Con todas estas nuevas preocupaciones, me fue bastante difícil conciliar el sueño.

# 4 DE AGOSTO

Estuve pensando toda la noche en cómo lograr enviar a Norman a su lugar preferido. No se me ocurrió nada.

Cuando salimos de la tienda, vimos a Norman con varios pomos en la mano, un pequeño jamo, y otros pequeños equipos, incluyendo una lupa. Parecía un tremendo científico.

- ¿Qué vas a hacer? - Le pregunté.

- A pescar- Me contestó. Después muy seriamente me dijo:

- Quiero analizar la fauna de la entrada de la caverna. Y de los alrededores de la entrada.

Con toda esa indumentaria, nos dirigimos a desayunar. Una vez concluido el desayuno, nos dirigimos hacia la entrada de la caverna.

Ya en el salón de entrada, nos dirigimos hacia el derrumbe, cuando Nelson nos dijo que se iba a quedar allí, buscando

fauna y así también descansar un poco, pues estaba un poco viejo para tanto ejercicio.

Andy estuvo de acuerdo y partimos hacia el interior de la caverna. Después de pasar el río, nos dividimos en tres grupos, dejando a Luis en el punto de reunión junto con las balsas. John partió con Bill, Tommy y Carlos por la galería principal en dirección a la segunda galería. Charles y Jeff junto con Malagon continuaron adelante por la galería principal seguidos por Miriam, Andy y yo. Tras caminar como media hora, llegamos a una galería grande a la izquierda por la que continuamos nosotros, mientras Charles, Jeff y Malagon seguían por el cauce principal. Al poco rato de caminar, encontramos una fuente con infinidad de perlas de cueva de un blanco brilloso, en un salón bien bonito, por lo tanto, nos detuvimos a tirar fotos. Mientras nos entreteníamos, tomando fotos y conversando, John había llegado a una bifurcación, que ascendía en la caverna y que lucía prometedora. Para aprovechar el tiempo, le señale a Tommy y Carlos que continuarán por la mayor (que prometía ser más larga) y quedaron en encontrarse en ese lugar en cinco horas. Una vez que estos partieron, esperaron unos minutos y partieron de regreso en dirección de la primera galería. Corrieron, para no perder tiempo, y se dirigieron rumbo este en dirección a la galería que había descubierto John y que comunicaba

81

con Ia caverna de los proyectiles. Esta vez no se acercaron al borde para evitar ser detectados, y entonces John le encargó a Bill, que revisará los explosivos que habían dejado anteriormente y que los conectara para que estuvieran listos para explotar. Ya que él conocía el lugar, sería el encargado de activar los detonadores, dando un tiempo de 8 horas para darles tiempo de escapar. Inmediatamente partieron de regreso para el punto de reunión. Mientras tanto, Norman había salido de la caverna y sigilosamente había llegado a la cueva doscientos metros a la izquierda, del resolladero, penetró por ella y con tremendo trabajo, se arrastró hasta llegar a la galería en que pudo pararse y corrio en direccion de la galería que lo llevó al derrumbe.

Una vez allí, saludo a Charles y Jeff, y se introdujo en Ia nave, diciéndoles que le avisaran en tres horas sin falta. Ya sentado en la silla frente a la pantalla, comenzó a pasar la mano por encima de las luces del panel de instrumentos. Comenzaron a iluminarse la pantalla, y otras áreas de la cabina, apareciendo de nuevo mapas celestes. Esta vez conectó una computadora con data astronómica, pues Norman estaba obsesionado con descubrir de dónde venía Ia nave. (mientras se auto culpaba, de no haber estudiado más astronomía)

El tiempo pasó volando, hasta que sintió la voz de Charles, que le decía:

Deja eso, es hora de irnos, se hace tarde.

Refunfullando, Norman se levantó, cogió un pequeño CD y partió volando de regreso. Retrocedió nuevamente, corriendo hasta llegar a la galería estrecha, por la que se arrastró rápidamente, hasta llegar a Ia entrada. Se asomó, con cuidado, esperó unos minutos descansando, y tratando de oír si había algo por los alrededores. Una vez confirmado, que no había intrusos, se marchó con sigilo hasta la entrada de la Caverna. Una vez allí, se quitó las botas, las medias y se metió en el río con todo su cargamento de pomos y jamo. Allí se tranquilizó y se entretuvo en capturar algunos insectos. Una hora más tarde sintió voces, era el resto del equipo que regresaba.

- – *Que* tal de pesca?- Le pregunte como saludo.

- – No muy abundante - Dijo sonriendose.

Paso todo el resto del equipo, mientras que Miriam y yo nos quedamos para darnos un baño privado.

- – Apúrense para comer. -Nos dijo Andy

- – ¡Si! - Le conteste.

Después de tomar un baño rápido, partimos hacia el campamento. Llegamos cuando ya estaban sirviendo la comida, que consistia en puerco asado, congrí, boniato, pan y unas cuantas cervezas frías. Después de comer nos sentamos alrededor de una hoguera para conversar. Llevábamos un rato conversando, cuando sentimos un jeep que se acercaba. A los pocos minutos llegó al campamento y varios oficiales se apearon. Llamaron a Andy, hacia una esquina del campamento y los senti discutir. A los pocos momentos, se montaron dando un portazo en el jeep y partieron.

(¿Pasa algo?- Le pregunté a Andy.

- – Hay problemas con la jefatura militar. Me citaron para mañana a las 9 de la mañana en Pinar del Río. Mañana temprano, me voy para Ia ciudad, así que por Ia tarde estaré de regreso y te contaré. Pero pienso que posiblemente, tendremos que marcharnos de aquí. Así que aprovechen mañana para explorar en Ia caverna, pero no se alejen mucho.

Andy se fue a dormir, pues tenía que madrugar mañana. Miriam y yo nos dirigimos a nuestra tienda y le hice una señal a John. A los pocos minutos John se acercó a mi tienda y me dijo:

– ¿Qué pasa? Ese movimiento de militares no me gusta. Y menos con la cara y el genio que se traían.

– Parece que hay problemas con nuestra presencia aquí. No les gusta que andemos por los alrededores. Y según me dijo Andy, posiblemente tendremos que irnos mañana - Le conteste.

– Entonces voy a conectarme con los helicópteros y vamos a preparar la fiesta para mañana a las doce de la noche.

Me parece bien, pues Andy estará aquí mañana por la tarde.

Tenemos la ventaja que Andy no va a estar aquí por Ia mañana así que tendremos tiempo para que Norman este por Ia mañana en la Nave y saque todas las fotos y datos posibles. Tenemos que coordinar los equipos mañana. Bill tiene que ir conmigo, Norman irá contigo, Tommy y Carlos, Ben y Hans por su cuenta se llevarán a Malagón, y Miriam debe hacerse

Ia que tiene un pie lastimado para quedarse con Luis, al pasar el río, y quedarse junto con las balsas. Todos debemos estar de regreso a las tres de la tarde en el campamento. Tenemos que demorarnos en la recogida del material, pues necesitamos salir tarde para que nos coja la noche por el camino a Sumidero. -Me dijo John.

En eso llego Norman preocupado y dijo:

– Pude oír lo que decía John, pero creo que no me va a dar tiempo para desenredar la madeja. Necesito más tiempo.

– Lo siento, mañana hay que salir a las tres de Ia tarde, tienes que decirles a Charles y Jeff que tienen que salir y esconderse cerca del campamento a las cuatro de Ia tarde.

De todas formas, hablaré con ellos hoy a las doce de la noche. - Contestó John.

Todo entendido? - Me dijo John a mi. Si.- Le conteste.

Mientras Norman balbuceaba. John se fue en busca de Tommy. Este va a tener trabajo toda la noche, pensé yo, comunicándose por radio.

Volví a la tienda y Miriam me vio agitado. Me pregunto la causa. Le expliqué brevemente para no asustarla mucho.

Y también le dije que mañana tendría que hacer de artista.

aparentando lesionarse un pie, para evitar que Luis se sume a alguno de los grupos. Nos fuimos a tratar de dormir, pues mañana sería el gran día.

Di vueltas y vueltas, pero no pude conciliar el sueño, Miriam tampoco. La brisa se destapó y una tenue llovizna cayó sobre el campamento. Los que nos faltaba pensé, espero que no amanezca lloviendo. Al final tras miles de vueltas me quedé dormido.

## 5 DE AGOSTO

Me despertó el ruido de un motor. Mire mi reloj, eran las cinco de la mañana, y no parecía estar lloviendo. Asomé la cabeza por Ia tienda, y vi a Andy con alguien acompañándolo moviéndose ya rumbo a la carretera. El jeep se enterraba en el fango, y penosamente se movía poco a poco en dirección sur. Ya no pude seguir durmiendo, Miriam no parecía haberse enterado de nada. Me levanté y me dirigí a la tienda en la que vi conversando a Cheo y Malagón. Les di los buenos días y ellos me respondieron igual. Ya Cheo había colado café y me ofreció una taza. Me preguntaron, como me había levantado tan temprano y les respondí que el ruido del motor me había despertado. Volví a la tienda de campaña, entré y me senté mirando para afuera mientras la brisa me azotaba el rostro. Pensaba cómo íbamos a terminar el día, sentía no poder seguir en la investigación de la nave pero por otra parte no nos quedaba otra alternativa que destruirla y producir un derrumbe que ocultara sus restos para siempre. También me preocupaba, cómo lograriamos escapar, si no pereciamos en el intento, o peor si caemos prisioneros.

Pensaba en Miriam, ahora me arrepentía por haberla traído en esta locura. Los pensamientos me martillaban en el cerebro continuamente, hasta que a lo lejos, comenzó a despuntar el alba. Poco a poco los rayos del sol luchaban, venciendo a la oscuridad y la neblina mañanera cedía al paso del candente sol tropical.

Poco a poco tomó vida el campamento, se oían las voces de los muchachos levantándose y el ruido de las cazuelas, mientras el humo de la cocina, nos envolvía con el sabroso olor del tocino y las salchichas friendo lentamente.

Miriam se despertó, bostezo, estirando los brazos, se acerco a mi, me miro a los ojos y me dijo:

- Demasiado madrugador, eso me huele a preocupaciones. Muchos años juntos, ya cada cual adivina cuando algo anda mal, o si hay cerca alguna tormenta.

No me dijo más nada. Ya ella comprendía que algo estaba pasando que me preocupaba demasiado. Salió de la tienda, bajó al río y después de lavarse la cara volvió hasta donde yo estaba.

Se me acercó como una gatita, y sonriéndome me dijo:

- Tienes que cambiar la cara. Vas a asustar a los muchachos, o pensaran que te duele algo.

– Me duele el corazón. Me duele tener que hacer cosas que no están a mi gusto, que están en contra de mis principios, en contra de la ciencia - Le conteste.

– Recuerda que esto es tu obra, tu idea, la única forma de evitar que caiga en peores manos - Me dijo Miriam.

– Tienes razón, le respondí, dándole un beso en la mejilla. Tu siempre me alumbras el camino. Sin tu ayuda no se que seria de mi - le conteste.

Me levanté y tomándola del brazo caminamos en dirección de Ia tienda, donde ya los muchachos se agrupaban para desayunar.

John se acercó a mí, me saludó y comenzó a devorar el desayuno más rápido que de costumbre. Pensé, que yo no era el único nervioso. Así, rápidamente todos desayunamos, y comenzamos a recoger nuestras mochilas.

Carlos que fungía como jefe, por la parte cubana al no estar Andy me dijo:

– Vamos a salir, tenemos que regresar temprano, para que cuando Andy regrese todos estemos en el campamento.

(Eso lucía una confirmación, de que nos tendríamos que ir hoy).

Hable con John, y le dije:

– No hay duda, hay que poner a funcionar el plan.

John asintió con la cabeza, y todos empezamos a caminar en dirección a la entrada de la caverna. Subimos por las piedras del derrumbe de la entrada, basta llegar al cauce principal, caminamos por el borde del río hasta el salón del derrumbe, ascendimos por las piedras basta llegar a la abertura para descender de nuevo al río. Comenzamos a montar las balsas para reunirnos en la otra orilla, de pronto Miriam resbaló y cayó estrepitosamente, comenzando a quejarse del tobillo derecho. Yo intervine examinando el tobillo, y le dije que era un esguince, y que no podía continuar, que tendría que quedarse.

- Pero sola? - Me pregunto angustiada. Carlos me miró y dijo:

- Lo siento pero si nos dividimos en tres grupos, va a tener que quedarse sola.

Entonces, Norman salto y dijo:

Bueno el más viejo y cansado soy yo, por lo tanto yo me quedo acompañándola.

Yo le hizo un guiño con el ojo y le dije:

- Bueno, cuidala bien.

Nos viramos hacia Carlos y le dije:

- Creo que Hans y yo podemos ir contigo por la galería principal. Ben y Tommy pueden seguirnos con Malagon pues quieren tratar de llegar al Sumidero. John, y Bill pueden seguir con Luis a terminar de explorar la galería de Ia izquierda que estuvieron explorando anteriormente.

A Carlos le pareció bien y tras despedirnos de Miriam y Norman, comenzamos a caminar. Después de un rato llegamos a la galería de Ia izquierda, y mientras John, Billy Luis ascendían por las paredes, nosotros continuamos.

Ben, Tommy y Malagón nos pasaron, pues tenían que avanzar más rápidamente para lograr su cometido. Hans, Carlos y yo continuamos caminando por más de una hora, hasta que llegamos a una galería a la izquierda que habíamos explorado con Andy y que yo quería fotografiar. Una vez allí, saqué una cámara y comencé a examinar los ammonites y a retratar las formaciones secundarias. De pronto llamé a Carlos y le mostré un hueso en la roca de un animal prehistórico el cual, por la forma en que se encontraba era difícil de determinar su especie. Habría que hacer un viaje con equipos para poder extraerlo.

Mientras tanto, en el otro lado de la cueva, Norman dejó a Miriam con un farol de kerosene y se marchó corriendo hacia la nave.

Llegó sudoroso, saludo a Jeff y Charles mientras se introducía en la nave. Jeff le dijo:

- Recibimos órdenes de salir de aqui hoy a las cuatro de la tarde y tú tienes que salir a las tres.

- Está bien - Contestó Norman - Y se introdujo en lo profundo de la nave.

Por otro lado, John avanzaba por la galería. Dejaron que Luis se adelantara un poco y le dijo a Bill que partiera de inmediato, que conectara los detonadores para que explotaran a las doce de la noche. Que no se acercara al borde y que regresara lo más pronto posible. Que lo esperara en la galería principal y que dijera que había encontrado una galería que dio la vuelta y que le condujo más adelante.

- OK - Contestó Bill, y retrocedió rápidamente.

John marco con su cuchillo una galería estrecha que se abría a su derecha, y emprendió la marcha tras Luis. John dejó que Luis continuará al frente mientras ellos seguían un poco más atrás. Así siguieron por más de dos horas, arrastrándose por estrechos pasadizos, basta que llegaron a un pequeño saloncito, donde se sentaron a descansar. Luis se extrañó de que Bill no llegara y le preguntó a John, mitad español, mitad inglés y con gestos.

John, trató de explicarle con gestos y en Inglés, que se había quedado atrás explorando una galería, pero que nos esperaba atrás. A Luis no le agrado y señalando la galería ordenó el regreso.

John estaba más cerca de la galería y se introdujo primero, con el objetivo de ir más lentamente.

Así comenzaron el regreso más lentamente mientras Luis detrás, protestaba.

En Ia galería Este, Bill llegó sudoroso al punto encima de Ia caverna donde estaba el depósito de municiones. Silenciosamente comenzó a conectar los explosivos y ocultarlos bajo unas piedras. De pronto una pequeña piedra se soltó y rodó hasta el orificio. Bill aguantó la respiración pero no pudo hacer nada: la piedra cayó. Tras unos largos segundos de suspenso, escucho su impacto sobre una superficie metálica. inmediatamente tras el impacto sintió una aguda alarma que retumbó por toda la caverna. Terminó de ocultar los explosivos, revisando que no quedaran huellas y partió primero sigilosamente, por unos minutos y luego corriendo desenfrenadamente. Llegó con tiempo suficiente, trepó a la galería y avanzó hacia el lugar en que se habían despedido. Allí se recostó, mientras el corazón le latía fuertemente. Media hora más tarde, salieron John y Luis. Este último respiró cuando vio a Bill sentado. Todos se sentaron a descansar y Billie dijo a John, que Ia galeria se estrechaba mucho y por eso retrocedió.

Después de descansar por un rato, partieron de regreso, tras media hora de marcha, llegaron hasta donde estaba Miriam.

Luis le preguntó a Miriam por Norman. Y ella sin inmutarse le contestó:

> Norman no se sentía bien y tenía urgente necesidad de
> defecar, así que salió corriendo, digo nadando, porque

no quiso llevarse la balsa. Dijo que llegaba más nipido nadando.

Luis se extrañó, pero no dijo nada, se quedó sentado mientras esperaba por el resto del team. Pasaron como 45 minutos hasta que vieron las luces de los que venían de regreso. Los dos grupos se habían encontrado en el camino y venían hablando muy animadamente.

Cuando llegamos junto al río, Carlos preguntó por Norman y Luis le contó que se había sentido mal y había salido de la Caverna. Comenzamos el regreso en balsa y después caminando, ascendimos por el derrumbe que daba acceso a Ia entrada, bajamos y ya Ia claridad de Ia entrada nos iluminó el camino. Estábamos callados, se veía un malestar en los cubanos, no les gusto la salida de Norman. Miriam iba más atrás acompañada por mi, simulando cojear. Descendimos el resolladero, y caminamos rumbo al campamento. Mientras nos dirigiamos al campamento, algo sucedía alrededor de Ia nave, en Ia caverna.

Charles entró en la nave, y observó a Norman como que hablaba con la pantalla.

- ¿Qué haces? - Preguntó Charles.

- He podido establecer contacto con ellos a través de Ia computadora de idiomas - Contestó.

- ¿Qué dicen? - Pregunta Charles.

- ¡Cállate!- Le respondió Norman.- Estoy muy ocupado en cosas demasiado importantes.

A lo que Charles le respondió:

- Serán muy importantes, pero ya tienes que salir de aquí. Estás atrasado veinte minutos.

- Sí pero no puedo. - Respondió Norman.

- La orden es que tienes que salir! - Le dijo Charles. Norman, contrariado, dio un golpe con la mano en el panel de instrumentos. Se levantó despacio, mirando lentamente a su alrededor, como despidiéndose de Ia nave. Se dirigió a Charles, que estaba al lado de la escotilla de salida, y le dijo:

OK, vamos.

Charles se viro, saliendo por la escotilla, cuando de pronto sintió como una despedida de Norman, al momento de cerrar la escotilla y tirarle su cámara y un CD.

- Norman! - Le gritó Charles. - ¡Estás loco, abre la escotilla!

Obtuvo un silencio por respuesta.

Jeff llegó junto a Charles y le preguntó:

- ¿Qué pasa? Charles le respondió:

Este loco se niega a salir, y ha cerrado la escotilla. Y ya son las tres y media de la tarde!

- ¿Qué vamos a hacer?- Respondió Jeff.

- Solo tenemos diez minutos, para conectar los explosivos para que se detonen a las doce de la noche. Y veinte minutos para estar fuera de la caverna. Norman sabe que tenemos que hacerlo, este loco quiere enterrarse aquí para siempre - Contestó Charles.

- Manos a la obra. No tenemos un minuto que perder.

Ojalá que recapacite y salga a tiempo. - Dijo Jeff recogiendo Ia cámara y el CD se dispersaron por los alrededores de Ia nave y las galerías cercanas, donde ya tenían parcialmente ocultas las cargas de demolición, con los potentes explosivos. Empezaron a ajustar los relojes para que detonaran, poniéndolos de forma que no podían detenerse, y que explotaran en caso de tratar de ser desconectados. Al cabo de quince minutos se reunieron en la galería de salida. Emprendiendo el camino de la salida a toda marcha. Veinte minutos, les tomó llegar y una vez allí bajaron al valle en dirección al campamento.

Caminaban con cuidado de no hacer ruido, cada uno cargando dos mochilas con armas. Jeff portaba también una pistola 9 Mm., mientras Charles llevaba su calibre 45. Los dos llevaban en la mano un AK de fabricación china con cuatro peines de repuesto. Llegaron lo más cerca que pudieron del campamento en la parte opuesta del río. Se sentaron detrás de unas malezas y esperaron oír algo por la radio. Charles miraba por unos pequeños prismáticos en dirección al campamento, mientras una llovizna caía ininterrumpidamente. Haciéndole un gesto a Jeff, dijo:

- Están llegando ahora. - Miro su reloj cerca de las cinco de la tarde.

Mientras tanto en el campamento, John fue de los primeros en llegar. Se introdujo en su tienda, e inmediatamente llamó a Charles.

- Dime. - Contest6 Charles.

- Hay problemas, ¿Dónde está esta Norman?- Preguntó John.

- No quiso regresar.

Después de unos minutos de silencio. John le dijo a Charles:

- Voy a buscarte. Ponte una capa de agua que te tape la cabeza. ¿En qué parte están?

Charles le respondi6:

- Cruzando el río, *al* oeste del campamento, frente a la tienda donde estas.

- No se muevan de ahí. - Respondió John.

Salió de la tienda inmediatamente y se dirigió hacia la carpa, donde estaban reunidos todos. Yo llegaba en ese momento, ayudando a Miriam, que cojeaba. Estábamos empapados por la lluvia. Allí estaba Andy con el ceño fruncido, y preguntó:

- Donde esta Norman?

- Debe estar *abonando* el terreno, pues no se sentía bien y estaba con diarreas. - Le conteste.

John, me preguntó en Inglés y yo le respondí que preguntaban por Norman. Andy se dirigió a todos:

- Hay que levantar el campamento ahora mismo por órdenes del ejército. Así que empiecen a desmontar las tiendas, y ustedes (dirigiéndose a nosotros) vayan colocando sus mochilas en los tres jeeps.

Dirigiéndose a los cubanos les dijo:

- Ustedes se van a demorar un poco más, así que Carlos, Luis y Malagón quédense con Cheo y el chofer del camión para cargar.

John se dirigió a mi en Ingles y dijo: Voy a buscar a Norman.

Se lo comunique a Andy y con Ia misma me dirigí a mi tienda de campaña con Miriam a recoger nuestras casas. A lo lejos vi a John cruzando el río e internándose en la vegetación en busca de Norman. John llegó junto a Jeff y Charles. Allí le explico a Charles lo que tenía que hacer, como él era más o menos del tamaño de Norman solo tenía que cubrirse bien, y no hablar.

Jeff aprovechó para entregarle a John un nylon que contenía la cámara y el CD que Norman les arrojó fuera de la nave. John lo guardó en uno de sus bolsillos, y partió con Charles en dirección a los jeeps. Por el atardecer y la lluvia había oscurecido, y la noche se acercaba. Andy gritaba azuzando a la gente a recoger. John siguió hasta el último jeep y ayudó a montar a Norman que se acostó en la parte trasera. También vi a John meter como una o dos mochilas en el jeep junto a Norman. Cerró la puerta y se me acercó.

- Como está Norman?- Le pregunté.

- Pase gato por liebre, me dijo. No es Norman, el condenado no quiso salir.

- Como? ¿Lo dejaron?

- ¡NO lo dejaron! él quiso quedarse y él sabía las consecuencias.

- Llegate al jeep y trata de simular que le llevas una medicina, y una colcha.

- OK.

Entre en mi tienda, pase por la de Norman y recogí una colcha, también tomé una cámara fotográfica que él guardaba. Me dirigí al jeep bajo la lluvia y le grite a Norman mientras abría la puerta y me introducía en el jeep, cuando levante Ia capa de agua me encontré con Ia pistola 45, que me apuntaba.

–   Guarda eso Charles - Le dije.

Deje el frasco de medicamento y lo cubrí bien con Ia colcha. Y le dije:

–   No abras la boca.

Salí del jeep, y me dirigí hacia la carpa, donde Andy me seguía con Ia vista.

–   ¿Cómo esta?- Me pregunto.

–   Decaído por las diarreas, pero dice que ya hace como dos horas que no hace nada. Le di unas medicinas. Espero que estara bien para cuando lleguemos al hotel - Le conteste.

Me senté junto a él y le pregunté:

–   Por que nos estaban mandando a salir de aquí, después que nos habían aprobado el viaje?

Andy me contest6 -

–   Es que estos muchachos están muy nerviosos. Recuerda que en Junio murió Vilma, (la primera dama) y todos los dirigentes son más viejos que ella. Todos están nerviosos. Los viejos por que tienen que morirse y los más jóvenes porque no saben lo que van a hacer cuando los viejos se mueran, todos piensan en que va a pasar o quien va a gobernar. De verdad, siento que no puedan continuar, pero de todas maneras pasaron bastante tiempo aquí.

Ya eran cerca de las seis de Ia tarde cuando John aprovechando que Ia oscuridad era mayor llamó a Jeffy le dijo:

Cruza ahora.

El se dirigió con Ben y Hans hacia el tercer jeep llevando unas mochilas. Al llegar al lado del jeep, prácticamente hicieron una barrera entre hombres y mochilas para ocultar el paso de Jeff hacia el jeep. Lo acomodaron en la parte trasera y le tiraron arriba todas las mochilas y colchas. Los tres respiraron, una vez logrado su cometido, y mientras Ben y Hans se acomodaban, el primero en el asiento posterior y Hans en el asiento al lado del chofer, John regresó caminando. Al llegar a la carpa, que todavía estaba en pie, vio a Bill y Tommy, mochilas en mano, que se dirigian hacia el segundo jeep. Una vez en el jeep, Bill abrió la puerta y se sentó en el asiento al lado del chofer, mientras Tommy se sentaba detrás.

Miriam salió de su tienda, cojeando y se dirigió a la carpa.

– ¡Ya era hora!- le dije.- Las mujeres siempre se demoran!

Si, siempre le echan la culpa a las mujeres. - Contestó ella.

Andy se sonrió y despidiéndose del resto llamó a los dos choferes para que manejaran el segundo y tercer jeep, mientras él se dirigía hacia el primer jeep en compañía de John y Miriam y yo.

Al llegar al jeep John abrió la portezuela del asiento posterior, indicando que entrara para ayudar a Miriam a subir. Una vez que cerró la puerta, subió al asiento delantero al lado de Andy.

– ¡Listos! - Dijo Andy.

Arrancó el jeep, encendió las luces y comenzó a avanzar en dirección sur, hacia la carretera. Avanzamos lentamente, enterrandonos en el fango. Andy comentó que Agosto era mal tiempo para explorar cuevas ya que era la época de más lluvia: de Agosto a Octubre.

– La próxima vez deben venir de Noviembre a Febrero. Es más fresco y menos lluvia. - Dijo Andy.

Seguimos en el fangoso camino, brincando en el jeep, hasta que llegamos a la carretera a Guane. Al Llegar a la carretera, le dije a Andy:

- Vamos a detenernos un momento en el caserío, tengo que estirar las piernas y hacer una necesidad.

- ¿Estás como Norman? -Me pregunto.

- Bueno no tan mal- Le conteste.

- Vamos a parar a la salida del caserío que por ahí corre un pequeño arroyo.

- OK. - Le conteste.

Nos detuvimos donde dijo Andy. Lucia un buen lugar con tupida vegetación y bajando se sentía el arroyo. Descendí del jeep, y le pregunté a John, que si quería el o los muchachos que aprovecharan, y le hice un guiño. Baje y me dirigí a la vegetación. Allí esperé hasta que llegaran John, Ben y Tommy. Los otros se habían apeado, pero fumaban al lado de cada jeep. Una vez reunidos los tres, John dijo:

- Ahora es el momento. Vamos a reducirlos. Los amarramos y tu Doc prepara algo para inyectarlos y que duerman unas horas. Traten de no golpearlos, pero eviten que griten porque estamos cerca del caserío de San Carlos y pueden oirnos.

Una vez puestos de acuerdo, se dirigieron a los jeeps. John dio la vuelta alrededor de uno y le señaló la rueda delantera derecha del mismo. Andy se apeó y al dar Ia vuelta, miró Ia goma y no encontró nada. AI incorporarse se encontró con una pistola que le apuntaba a Ia cabeza, y en perfecto español, John le aconsejaba no levantar la voz so pena de ponerle un tiro entre ceja y ceja, y le orientó descender hacia el arroyo.

Ya yo me acercaba, cuando Billy Tommy se acercaban con un chofer con los ojos abiertos de espanto pidiendo que no le mataran.

A los pocos segundos, llegaron Ben y Hans cargando al otro chofer, que venía sin sentido.

- *Que* paso? - Pregunte.

- Se quiso revirar, y no hubo otra alternativa que darle una *caricia.*

Los pusimos juntos mientras perseguían a amarrarlos. Andy me miraba incrédulo y me pregunto:

,¿*Por* qué hacen esto?

- Algún día podré contarte el por qué. Pero ahora es imposible.

Solo sé que vas a dormir como tres horas. A más tardar a las 10.30 de la noche te vas a despertar. Las sogas de los amarres no están muy apretadas, así que podrán zafarse unos a otros. Pero oye bien lo que te voy a decir: En cuanto salgas, no te detengas por nada hasta llegar a la ciudad de Pinar del Río. No pierdas tiempo en avisar a los soldados o policías. Tu vida está en serio peligro. Ya allí haz lo que creas necesario. Esto lo hago porque aunque tu no lo creas yo si te aprecio. Algun dia te daras cuenta del porque y quizás podremos volvernos a ver.

Los dejamos amordazados, y después de inyectarle un sedante a cada uno, salimos a la carretera. Ya era noche cerrada a pesar que era un poco más de las siete de la noche. John montó como chofer del primer jeep, Bill del segundo y Ben del tercero.

Arrancaron los motores al unísono, encendieron las luces y partieron en dirección del pueblo de Sumidero.

Yo iba sentado en el asiento al lado del chofer y le pregunté a John:

- Cómo estamos de gasolina?

- Creo que bien, si estos relojes funcionan. - Contestó John. Nos acercamos a Sumidero, unas cuantas personas caminaban por la acera cuando doblamos a la izquierda rumbo a Gramales. Estabamos acercándonos a la entrada del Valle de Pica Pica, cuando un jeep con dos militares nos detuvo, ambos llevaban Fusiles AK, se dirigieron hacia el primer jeep y nos preguntaron quiénes éramos, y adónde íbamos. El primer soldado se dirigió hacia John, pero este no dio tiempo: Un certero disparo lo elimino, mientras Jeff desde el segundo jeep, eliminaba al otro.

Inmediatamente, los arrastramos fuera del camino, y emprendimos la marcha, ahora más rápidamente.

- Si oyeron los disparos, tendremos todo el ejército detrás de nosotros en unos minutos. - Les dije.

Ya Jeff y Charles habían repartido armas entre ellos, y haciéndonos una señal con las luces, Bill se acercó a nosotros y nos pasó tres fusiles AK. John apagó las luces, espero que se nos acercaran Bill y Ben y les gritó que apagaran las luces también. Continuamos y vimos el caserío de Gramales, que lucía tranquilo pero a lo lejos vimos varios vehículos que parecían estar cerrando la carretera y algunas sombras moviéndose detrás. Con los binoculares infrarrojos en mano, John dijo:

- Nos están esperando. Ya saben que venimos por aquí.

- Que vamos a hacer? - Pregunte.

- No parecen ser muchos.- Dijo John.- Serán cuatro o seis a lo más.

Nos reunimos en silencio en lo alto de una colina que dominaba la entrada al caserío. John llamó a Bill y le dijo:

- Tu eres el experto. Prepara un regalo que vaya con un jeep, para que nos abra paso. Te recogemos en el camino.

A los pocos momentos Bill había preparado una bomba y la había sujetado a la defensa del jeep, para que explotara por contacto. Tommy Y Jeff, montaron en el jeep de John y yo me pase al asiento posterior con Miriam. Tommy se sentó a la derecha al lado de John, y Jeff se sentó atrás, así Miriam quedaba entre Jeff y yo. Montaron las mochilas con parte de las armas en la parte posterior mientras en el otro jeep Ben, Hans y Charles tomaban posiciones. Charles colocó una ametralladora en la cajuela posterior del jeep y dijo:

- Listo!

Ellos eran los encargados de recoger a Bill después que se tirara del jeep.

- Ya listos! - Dijo John. - Es hora de empezar los fuegos artificiales!

Mire el reloj eran las 8.30 de la noche. Bill montó en el jeep, que mantenía el motor apagado y después que ayudamos a empujarlo cuesta abajo, dejó que rodará hacia la entrada del caserío. Era una noche sin luna, me imagino que debido a las nubes y la lluvia y en esa completa oscuridad, el jeep descendió en dirección a la entrada del caserío. Cuando quedaban unos cien metros, dejó atado el timón y saltó a una velocidad de más de 30 millas por hora.

Nosotros habíamos dejado caer los carros apagados, después de empujarlos cuesta abajo.

De lejos no podíamos ver si Bill ya había saltado, pero si notamos que el jeep avanzaba sin ser descubierto. Faltaban unos metros, cuando sentimos una rafaga de ametralladora y vimos las chispas que levantaban en el jeep, pero casi inmediatamente sentimos una explosion aterradora y vimos saltar los vehículos y los soldados a los alrededores. John arrancó el jeep y aceleró cuesta abajo, a toda velocidad Pasamos entre las llamas de los vehículos, no sin sentir el tableteo del AK de Tommy y Jeff. Tras John, Bill pudo a duras penas tirarse de cabeza en el otro jeep y estos siguiendo rápidamente a John y aprovechando la sorpresa, cruzaron sin necesidad de disparar un solo tiro. Avanzamos ahora a toda velocidad con todo el ejército detrás de nosotros. Pasamos como bólidos un camión que venía en dirección contraria, pero aparentemente era de carga, sin militares.

Tras media bora de correr sin parar, llegamos a los alrededores de La granja Sarmiento. Encendimos las luces, para pasar por delante de las postas, como si fuéramos militares. Estas postas de milicianos, no deben tener ni radio ni teléfono, así nos evitamos chocar con ellos. Efectivamente, pasamos sin contratiempo y seguimos nuestro camino en dirección al puerto de Santa Lucía. Apagamos de nuevo las luces y continuamos la marcha.

Ya cuando estábamos como a un kilómetro de la población de Santa Lucía, nos detuvimos, miramos con los prismáticos y no vimos movimiento aparente. El cuartelito estaba a oscuras. Si la guarnición era tan reducida y si saben algo nos imaginamos que deberían estar escondidos, esperando que le llegaran refuerzos. Decidimos avanzar a oscuras y pasar por al lado lo más rápidamente posible. Pasamos sin contratiempo y seguimos en dirección al puente. John se detuvo y cuando los otros se detuvieron al lado, le dijo a Bill que colocaran *regalos* por el camino.

Inmediatamente prosiguió en el camino hacia el muelle, mientras Bill y Hans se tiraron del jeep y comenzaron a colocar algunas minas, primero tres bastante separadas y de mayor tamaño, y después siguieron corriendo a los lados de Ia carretera colocando pequeñas minas antipersonales. Cuando terminaron, montaron en el jeep y siguieron hacia el muelle. Mientras tanto, John había llegado cerca del muelle, pero dobló a la izquierda para ocultar el Jeep.

Todos saltamos inmediatamente del jeep. Tommy comenzó a cortar hojas y tirarlas sobre el jeep, mientras Jeff, partió sigiloso hacia el lugar donde habían escondido las balsas. Tan pronto llegaron Ben, Hans, Charles y Bill, estacionaron cerca del otro jeep en una tupida maleza, y también lo cubrieron con hojas. John se reunió con ellos y le preguntó a Tommy, si ya había hecho contacto. Tommy le contestó:

Si! esperan estar en sesenta minutos a unas doce millas.

- Vamos a caminar para colocarnos debajo del muelle.

Charles, avanzó primero para ayudar a inflar las balsas, el punto de reunión era el extremo del muelle. Este partio rápidamente, como una sombra.

Miriam y yo partimos en seguida a protegernos debajo del puente ya que no se podía perder un momento. Dicho y hecho, corrimos como si estuviéramos en un maratón. Sentía que las botas me daban en la espalda pero Miriam iba más rápido que yo, no sé si era el miedo, pero corrí como nunca en mi vida. Llegamos al muelle y bajamos introduciéndonos en un laberinto de troncos y maderas.

Mientras tanto John seguía organizando la retirada: Ben y Hans fueron los encargados de proteger la misión: Colocaron la ametralladora ahí, para cubrir el camino y después corrieron hacia el muelle a esperar el aviso o cuando fuera necesario, siempre buscando la protección debajo del muelle.

John se dirigió a Bill, y le dijo:

- Coloca las cargas que nos quedan desde el principio del muelle. Después protege la retirada de Ben Y Hans.

En eso un ruido de un helicóptero se sintió a lo lejos. Esto era de esperarse.

- – Esperemos que no vean nada - dijo John

Y le dijo a Ben:

- – Dame una de las pequeñas bazookas y quédate con la otra. Se dispersaron y ocultaron en la vegetación, viendo como un helicóptero ruso de ataque se acercaba, rastreando con los reflectores. Se alejaron lo más posible de los jeep. Y con razón, los pilotos descubrieron los jeep y abrieron fuego de cohetes, destruyendolos en el instante. Las llamas se elevaron bacia el cielo iluminando la noche. Siguieron dando vueltas y disparando con ametralladoras. A lo lejos por la carretera se veían venir luces por lo menos de cuatro vehículos.

- – Esto se está poniendo mal.- Dijo John- Vamos a tener que acabar esta fiesta.

El helicóptero hizo un giro y su panza pasó sobre el grupo, en ese momento John se puso la bazooka al hombro y le disparó.

Una tremenda explosion, sacudió la noche mientras el helicóptero se desintegraba. Era hora de ponernos en movimiento, John, Tommy y Bill corrieron al otro lado del camino y se introdujeron por debajo del muelle. Mientras Miriam y yo llegábamos a la parte más distal del muelle. Estabamos sumergidos en el agua, agarrándonos de los maderos. Yo me aferraba al AK, para no perderla. Sentimos Ia explosion, pero no pudimos ver de qué se trataba. El agua fría, Ia oscuridad, Ia incertidumbre nos golpeaba, llevábamos media hora en esa posición y parecían horas. En eso escuchamos la voz de John, que nos decía:

- – No se preocupen, Charles y Jeff están en camino. En eso sentimos una explosion a lo lejos.

– Ya están funcionando los regalitos que les dejamos. – Dijo John.

En eso sentimos la voz de Jeff, y sentimos la balsa penetrar debajo del muelle, unos pasos más atrás llegaba Charles con Ia otra balsa y también se refugiaba debajo del muelle. John llama a Ben y a Hans y les dijo:

– ¡Vengan! ¡Los estábamos esperando!

Otra explosion lejana sacudió la noche y se sintió tableteo de ametralladoras.

¿A quién le disparan?- Preguntó Tommy.

A las sombras. - Respondió John.

A los diez minutos, que parecieron diez horas llegaron todos. John dijo:

– Suban, que no hay tiempo que perder.

Montamos en la primera balsa de Jeff: Miriam, John, Tommy y yo. Nos alejamos del muelle en silencio, remando con unos pequeños remos. Detrás de nosotros, en la segunda balsa de Charles: Ben, Hans y Bill con una mochila y una ametralladora.

Nos siguieron en silencio, nosotros acurrucados en el fonda de Ia balsa, los unicos que se mantenian remando eran Jeffy Charles con sus atuendos negros del mismo color de Ia balsa, nos perdiamos en Ia negra oscuridad. A lo lejos sentimos más explosiones y el desenfrenado ruido de las ametralladoras y los fusiles que disparan sin rumbo. Continuamos introduciéndonos en la oscuridad de la noche, alejándonos más y más de la costa. Hasta que desapareció de la vista. Jeff, paró de remar, y cerca sentimos a Charles que hizo lo mismo.

A los pocos minutos, John dijo: Arranquen los motores.

Suavemente, sin ruido, comenzamos a surcar el mar en dirección Norte, mire el reloj. Eran las once de la noche, parece haber pasado un siglo desde que salimos de la caverna. De pronto una luz lejana que se acerca, vemos unos reflectores que iluminan las aguas.

- ¡Una lancha de guarda fronteras! - Exclame.

John ordenó apagar los motores, quedándonos danzando sobre las aguas.

Todos preparamos las armas, pasaron veinte minutos, y la lancha seguía dando vueltas. En una de sus vueltas, la luz iluminó la balsa de Charles, y automáticamente comenzó un duelo de tableteo de ametralladoras. La lancha era más alta, así que el objetivo era más fácil, y los muchachos eran buenos y tenían buena puntería.

Nosotros, estábamos en otro ángulo, ocultos por la noche, y John levantó un AK, seguido por Jeffy Tommy, y yo no me quede atrás, comenzamos a disparar en conjunto. El ruido era ensordecedor. A los cinco minutos el tableteo cesó con una llamarada en la lancha guarda frontera que comenzó a hundirse rápidamente. John dio la orden de arrancar y partir a toda máquina hacia el Norte. Los motores se encendieron y subieron de tono, mientras brincabamos sobre las balsas como muñecos, aferrados a las sogas para no caer al agua.

Llevábamos quince minutos a toda máquina, cuando John ordenó detenerse. Sentimos a lo lejos el ruido de unos potentes motores y vimos reflectores que nos buscaban. Era una lancha rápida de la marina. John dijo:

Están movilizando todos sus recursos para detenernos. Inmediatamente le dijo a Charles:

–   Vamos a dividirnos. Cojan rumbo Noreste y nosotros seguimos al Norte.

Arrancaron los motores y partieron a toda máquina. Llevábamos unos cinco minutos navegando, cuando la lancha rápida detectó la balsa de Charles y comenzó un duelo de artillería.

La lancha rápida disparaba con el cañón de proa y con ametralladoras. John ordenó seguir a toda máquina paralelos a la lancha rápida. Los de la lancha no se percataron que nuestra balsa se acercaba a ellos, debido al intenso ruido de sus propios motores y el tableteo de las armas. John sacó unas granadas, le entregó una a Tommy, yo pude coger dos.

Mirando a John le dije:

–   A ver si me acuerdo de mis tiempos de jugar a la pelota.

Nos acercabamos por un momento. Vi como Miriam tomaba el AK de Jeff, y me sonreí. Estábamos a escasos veinte metros de la lancha, cuando John ordenó:

–   Ahora!

Los tres tiramos todas las granadas y mientras Jeff se apartaba a toda máquina de Ia lancha, tomamos nuestros AK, y John gritó ¡fuego! a lo que respondimos los cuatro con una andanada que tomó desprevenidos a los hombres de la lancha rápida. Justamente vimos explotar varias granadas sobre la cubierta, y dos en el agua. El fuego se propagó por toda la embarcación, ayudado por el viento. De pronto, una enorme explosion destruyó por completo la lancha rápida.

Seguimos tras la balsa de Charles, hasta alcanzarlos.

(¿Cómo están? - Les preguntó John.

– No nos podemos quejar pero tenemos un herido- Contesto Charles

(,¿Quien es?- Pregunto John.

– Es Hans. - Respondió Charles. - Le dieron en un brazo. Ben lo está asistiendo.

OK. - Dijo John - ¡Sigamos rápido!

Jeff, aceleró y salimos a toda máquina, seguidos por la balsa de Charles.

John se dirigió a Miriam y le dijo:

– Tengo que felicitarla pues se portó muy bien. No sabía que podía usar un AK.

Ella le respondio:

– Pastor me llevaba a practicar. El decía que había que estar siempre preparados para cualquier situación.

Todos nos reímos. Seguimos navegando sin problemas por cerca de quince minutos y de pronto John ordenó detener la marcha.

Esperamos unos minutos y Charles se arrimo a nuestra balsa.

– (,¿Qué pasa?- Le pregunté a John?

La balsa de Charles se está hundiendo. Parece que una bala le impactó y con la velocidad que veníamos se acabó de desgarrar. John les dijo que votaran todo el armamento pesado, ordenó a todos ponerse los chalecos salvavidas y todos pasaron a nuestra balsa. Hans paso con dificultad, debido a la herida en el brazo izquierdo, ayudado por todos. Una vez todos a bordo (como sardinas en lata), proseguimos pero ahora más lentamente, teníamos miedo de zozobrar. Continuamos así por una media hora, pero la balsa se estaba llenando de agua. Mucho peso, comentó John, y hablando con Tommy, le dijo:

Lanza un SOS, pues creo que nos vamos a pique. Tommy le dijo:

- Ya lo hice, además contacte a los helicópteros, pero se demoran.

Continuamos más lentamente. El agua subía cada vez más, a pesar que botamos constantemente. Mire mi reloj y le dije a John:

- Van a ser las doce de la noche.

No había terminado de decir esas palabras, cuando a lo lejos se iluminó el cielo con una explosion que se asemejaba a una explosion nuclear. Y desde dentro de Ja explosion vimos una raya de luz muy blanca que se dirigía al cielo y se perdía en el infinito.

- ,¿*Qué* fue eso?- Exclamó John.

Y yo le conteste:

Eso es el loco de Norman. ¡Lo logro! Saco la nave!

- ¡O la nave lo saco a él! - Respondió John. -,lo volveremos a ver?

- Quien sabe. Pero de ese loco puede esperarse cualquier cosa.

- Le conteste.

# 6 DE AGOSTO

Son las doce y media de la madrugada. Ya casi no podiamos avanzar. Estábamos sumergidos en el agua, a pesar de haber votado el motor.

Todos estábamos temblando del frío, parecía que no lograriamos sobrevivir. Miriam, abrazada a mí, temblaba por el frío. La escuche sollozar y eso me desgarro el alma. Trate de darle ánimo, le frote las manos pero todo era inutil. Al poco rato, vomito y me dijo que se sentía muy mal. Trate de explicarle que eso era el mareo del vaivén, pero continuaba peor, parecía desmayarse. En eso, chocamos con algo duro.

- ¿Quién es?- Se oyó una voz en español.

- ¡Necesitamos ayuda! - Le respondí.

Abordamos la embarcación, un pequeño bote de madera de unos quince pies, con un hombre solitario a bordo.

- ¿Eres pescador? - Le pregunté.

- ¡No!- Me respondió.- Estoy en mi tercer intento de llegar a los Estados Unidos.

- Gracias, por salvarnos- Le dije, mientras ayudado por John, acostabamos a Miriam sobre una tabla y extrayendo mi botiquín le inyectaba un estimulante.

- Y Con que te mueves?- Le preguntó John.

- Tengo dos remos y una vela, pues el motor se me descompuso ayer.- Contestó.

- Vamos a turnarnos a remar.- Dijo John.- Tenemos que alejarnos lo más posible antes de que amanezca. Continuamos remando toda la noche.

Le pregunté al cubano:-

- ¿Cuál es tu nombre?

- Jesus. -Me respondió. - Soy del pueblo del Mariel. Llevo muchos años tratando de escapar de la isla, pero las dos veces anteriores me capturaron los guarda fronteras y estuve un tiempo preso. Pero como no tengo familia en Ia Yuma no me queda otra forma que arriesgarme a ahogarme tratándolo.

John dijo:

- Debemos estar a más de doce millas de las costa, pero eso no es suficiente, tenemos que continuar.

Eran las cinco y media de la mañana y a lo lejos una tenue claridad anunciaba la llegada del día. Amaneció y el sol primero atenuado ahora empieza a cocinarnos lentamente. Eran las nueve de la mañana y seguimos con la rudimentaria vela, navegando. A lo lejos hacia el Sur vemos un barco de carga, pero por la dirección que lleva no nos aventuramos a hacerle señales.

Seguimos. Eran ya las once de Ia mañana, y ni rastro de los helicópteros. Cerca de Ia una de la tarde divisamos un helicóptero, hacia el Norte y le dije a Tommy:

- Trata de comunicarte, creo que son ellos

De pronto un MIG ruso volando a gran altura, se acercó al helicóptero. Este dio un giro a la izquierda y se alejó hacia el Este, aparentemente para ocultar nuestra presencia.

Tommy, le dijo a John, que el helicóptero se había comunicado con Ia base de Homestead. En menos de cinco minutos vimos dos cazas americanos que se acercaban al MIG y este se perdía rumbo Sur.

- increíble rapidez! - Le dije a John.

- Esos ya estaban en el aire cuando el piloto del helicóptero los llamó. - Dijo John - Los estaban esperando.

Diez minutos más tarde el helicóptero se acercaba a nosotros. Que alegría al ver el helicóptero, nos tiró una canasta, y comenzamos a subir. La primera fue Miriam, después le seguí yo, John, Hans y Tommy. En eso llegó el otro helicóptero, nos separamos del bote, y emprendimos el regreso. Detrás el otro helicóptero subió al balsero, Bill, Charles, Ben y Jeff. Ya más contentos, le dije a John:

–   No soporto esperar más.

Y abriéndome la camisa saqué mi Money bag. Lo abrí y saqué un paquete de nylon. Lo abrí y saqué otro paquete de nylon mientras pensaba que menos mal que lo había empaquetado bien. Si no, no hubiera quedado nada con el agua. Era el sobre que me había entregado el Teniente Coronel Lazaro y comencé a leer dejando espacio para que John pudiera verlo pues con el ruido del helicóptero era imposible leerlo en voz alta. Primero había un papel escrito a pluma que decía lo siguiente:

Los papeles escritos a máquina son el testamento del Máximo Líder.

Esto está escrito en tres partes. Una parte política y dos partes militares. La parte militar 1 y la 2 por si falla la primera.

Los encargados de cumplir esas órdenes son determinados oficiales que se han conjurado en una hermandad para seguir paso a paso las órdenes. Sus nombres se mantienen en secreto.

Las páginas siguientes son copia del original de la parte militar I.

# EL TESTAMENTO

La primera parte comenzaba así:

*Como nuestro objetivo ha sido destruir al imperialismo, y no he podido lograrlo en vida, quiero dirigir a mis tropas en la batalla final. Hemos estado muchos años preparándonos para este momento: El momento supremo de la victoria comunista.*

*El primer paso es comenzar una batalla de prensa, acusándolos de querer destruir a la Revolución. Acto seguido comenzaremos una invasión de balseros desde Pinar del Río hasta Las Villas, enviando medio millón en masa, que no podrán detener. Junto con esta oleada de gente, mandaremos cientos de hombres entrenados en demolición, por diferentes puntos. Y ya los estarán esperando nuestros agentes que se encuentran en todos los Estados, desde California hasta Florida. Estos hombres estarán encargados de demoler todos los puentes importantes, enclaves de carreteras y ferrocarriles. El objetivo es paralizar el transporte. Primero en la carretera 10 la 40, 70 y 80 que corren de Este a Oeste. La 95, 75, 55 y 25 que corren de Norte a Sur. Este acto será coordinado junto con nuestro ataque con aviones. Inmediatamente comenzado el éxodo masivo de balseros, Estados Unidos nos acusará de un acto de Guerra por haber mandado esa estampida humana. Posiblemente ataquen nuestras instalaciones militares en represalia.*

*Ya los estaremos esperando.*

*El segundo punto será enviar aviones de transporte de diferentes nacionalidades, cargados de proyectiles bacteriológicos, para que exploten en los estados de Washington, Chicago y California. De esa forma el viento se encargará de distribuirlo por todos los Estados*

Unidos, para eso llevamos años fabricando esos proyectiles y bombas, las que tenemos almacenadas por millares.

Por otra vía, aviones comerciales que en vez de pasajeros llevaran potentes explosivos, serán los encargados de destruir en primer Lugar, el Empire State, ese edificio que odio y que representa el Imperio. Otros destruirán termoeléctricas, represas, y algunas estaciones termonucleares. Los pilotos ya han sido entrenados aquí y provienen de Arabia Saudita, Afganistán e Irak. Nuestros amigos Jihad, que están deseosos de hacer esta misión, ya llevan años en preparación. Nuestros amigos sudamericanos proveerán los aviones, que cambiarán de pilotos aquí y se dirigirán a las Bahamas y a! sur de Nicaragua. De este último país partirán los que se dirigirán a la costa oeste de Estados Unidos.

El ataque de los aviones tiene que ser simultáneo a una hora fija, tanto en el Este como en el Oeste, así que los primeros que tienen que salir son los estacionados en Nicaragua en este orden: ¡Los tres que van con destino a! El estado de Washington es el más lejos, seguidos por el de Oregon y luego los dos que van a California. Los cinco aviones que partiran de aquí, con escala en las Bahamas saldrán todos con explosivos de alto poder - los dos primeros a Nueva York para destruir el Empire State y el de Washington dirigido a la Casa Blanca. Los otros tres se dirigirán a las centrales nucleares escogidas en los estados de Ohio, Texas e Illinois.

Y para concluir, las seis maletas rusas con pequeñas bombas nucleares que aún guardamos, vamos a utilizarlas.

La primera, que será la señal para comenzar esta epopeya será explotada en la plaza de fa Revolución durante una concentración popular, en protesta a los ataques realizados por la aviación Yanqui a nuestras unidades militares y en esa explosion morirá un cuarto de millón de personas, que se convertirán en un cuarto de millón de banderas de héroes que murieron por Ia Revolución y que servirán para acusar al Imperio de esa masacre.

*La prensa, nuestra aliada y mejor arma en los países capitalistas, se dedicara a regar por el mundo las escenas de Ia explosion y esa masacre servirá para enaltecer y exacerbar el odio de todos nuestros amigos en contra de los Imperialistas. Acto seguido nuestros agentes en todo el mundo organizaran ataques a las embajadas Norteamericanas en todo el mundo. Los Jihad incrementaran sus actos en Irak, Afganistán y contra Israel. Ese será el inicio de Ia gran batalla. Las otras cinco maletas serán colocadas en cinco diferentes lugares de los Estados Unidos: Miami, Washington, las afueras de Nueva York, Atlanta y Detroit. Estas deberán ser detonadas el día después de los ataques de los aviones con explosivos y material bacteriológico.*

*Estas son mis últimas palabras: Hasta La victoria siempre. etc.*

Nos quedamos perplejos. Le dije a John:

- Bueno ya le echamos a perder una parte. Le acabamos la parte bacteriológica.

- Y quien sabe que dice Ia segunda parte. - Contestó John.

- Ya debe estar en manos de la CIA. Así que veremos qué dicen cuando vean esta otra parte de la obra del loco endemoniado.

- Entonces Que crees del Teniente Coronel Lazaro?- Me pregunto John.

- No hay duda que él estuvo involucrado en la conjura. El debe ser de la hermandad, y se dio cuenta de Ia locura, y decidió salvarse él y su familia.

- Bueno eso creo yo pero habrá que investigarlo más profundamente.

- Respondi6 John.

Ya nos acercabamos al aeropuerto, cuando me viro hacia John, y le digo:

- Espero que no devuelvan al balsero. Recuerda que fue el que nos salvó.

- ¡Claro! - Respondió John.- Yo me encargo de eso.

Al descender en el aeropuerto de Homestead, había una ambulancia esperando. Bajaron a Hans primero, lo subieron en la ambulancia y se lo llevaron rumbo al hospital. Bajamos Miriam, John, Tommy y yo. Nos dirigimos hacia dos vehículos militares con varios oficiales que nos esperaban. John saludó militarmente al mayoral frente y se identificó. Este le contestó:

- Si ya sabemos. Suban que nos esperan en el edificio de la comandancia.

Llegamos al aeropuerto y al pasar frente a un televisor oímos la noticia del momento: Cuba acusa a Estados Unidos por un ataque de mercenarios terroristas que destruyó una fábrica de "vacunas" del Ministerio de Salud Pública, en Sumidero. Por ese motivo, más de cien mil ciudadanos habían tenido que ser evacuados en la provincia de Pinar del Río.

John me mira y dice:

- Esperame en este salón mientras arreglo unos asuntos.

Siguió a los oficiales, cerraron una puerta, y nos quedamos los tres solos en el pequeño saloncito. Nos sentamos a ver televisión y una mujer con atuendo militar se nos acercó y nos preguntó si queríamos tomar algo.

Un refresco! - Contestamos todos al unísono.

A los pocos momentos volvió con tres latas de refrescos bien frías.

muchas gracias! - Le dijimos.- Estábamos muertos de sed

A Ja hora volvió John, mientras tomábamos más refrescos.

- Doc- Me dijo John - Quieren tu presencia en Washington.

  El Departamento de Estado está interesado en hablar contigo y también la CIA. Yo también tengo que ir. Parece que vas a estar un tiempo sin poder trabajar en tu oficina, es más, te sugiero que Ia vendas.

- Por que?

- Pues vamos a caer en la categoría de terroristas, según el gobierno de Cuba, y el gobierno quiere desaparecemos por un tiempo. También quieren que trabajes con ellos en la identificación de otros posibles lugares que tu conoces. Así que bienvenido al equipo Y ahora...de vacaciones.

Miriam y yo nos miramos, y ella me dijo:

  Yo solo quiero que nos manden a una finquita para poder dedicarme a mis plantas.

- OK - Conteste.

Partimos tras John rumbo a lo desconocido de nuevo. Mientras seguíamos a John, este se viro y nos dijo:

- A propósito de la recogida de Lazaro, los otros tres paquetes eran la hermana de Miriam, su esposo y el contacto, Pepe.

Una sonrisa llenó la cara de Miriam y Ia mia. Bueno la familia se salvó también, pensamos.

Salimos del aeropuerto y nos metieron en un carro oscuro con cristales oscuros. Partimos rumbo Norte hasta llegar al aeropuerto de Miami, allí entramos por una puerta lateral y continuamos hasta un hangar. Nos apeamos y nos indicaron seguir hasta una nave que nos esperaba. Subimos por las escalerillas, y nos sentamos en unos confortables asientos.

Cerraron la puerta y le dije a John: Esto parece un viaje directo.

– Así es- Me contestó.

Mire hacia afuera por La ventanilla mientras despegamos y Miriam me apretaba la mano.

Me dije a mi mismo: Adiós Miami.

# CAVERNA DE FUENTES

## PINAR DEL RIO CROQUIS HECHO ENTRE 1965 Y 1967
## POR FERNANDO JIMENEZ Y PASTOR TORRES

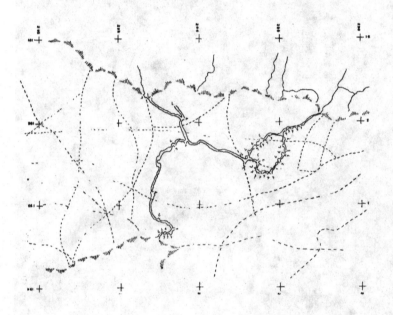

S I M B O L O S

 LADERA DE LA SIERRA  RIO ---- FALLAS Y DIACLASAS  CUEVA + COORDENADAS NACIONALES

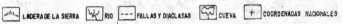

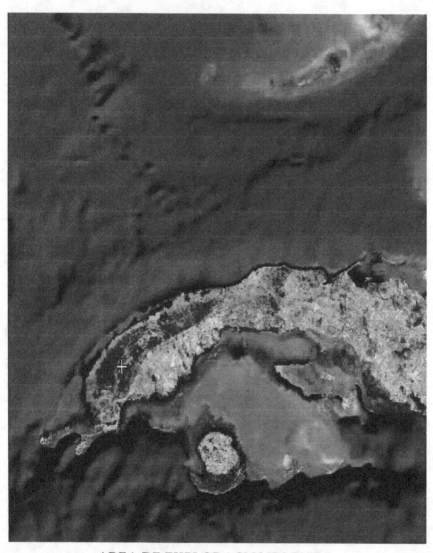

AREA DE EXPLORACIONES EN LA
PROVINCIA DE PINAR DEL RIO

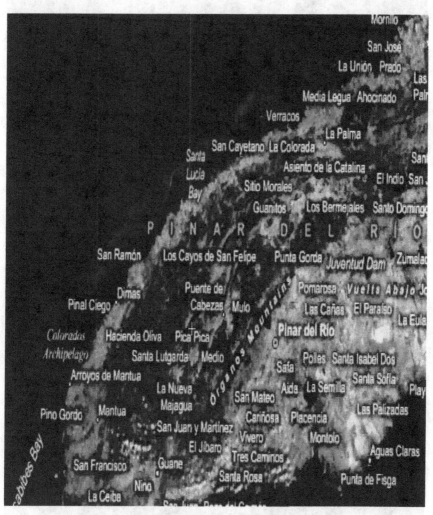

PROVINCIA DE PINAR DEL RIO, VALLE
DE PICA PICA, SUMIDERO

CAVERNA DE FUENTES
flecha roja CAVERNA DE PIO DOMINGO
flecha azul HOYO DE POTRERITO

RESOLLADERO DEL RIO CAVERNA DE FUENTES

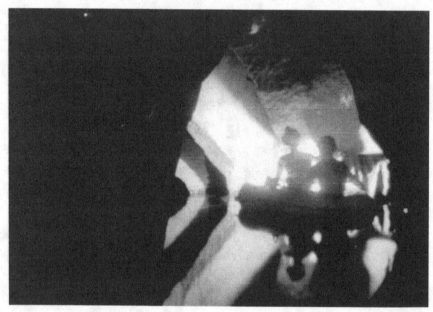

CAVERNA DE FUENTES RIO SUBTERRANEO

EL AUTOR ASISTIENDO A UNO DE LOS
EXPLORADORES DE LA CAVERNA DE FUENTES

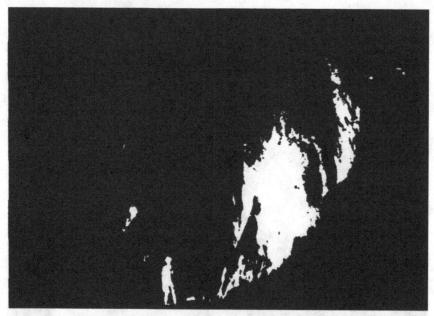

CAUCE PRINCIPAL DE LA CAVERNA DE FUENTES

SUB CAUCE  CAVERNA DE FUENTES

flecha roja CAVERNA DE PIO DOMINGO
VALLE DE PICA PICA ZONA MILITAR

CAVERNA DE PIO DOMINGO

CAVERNA DE PIO DOMINGO ANTES DE
LA CONSTRUCCION MILITAR

EL AUTOR A LA IZQUIERDA JUNTO AL ESPELEOLOGO
ALBERTO IGLESIAS EN EL VALLE DE PICA PICA

ESQUELETO DE MEGALOCNUS RODENS IN
SITU CAVERNA DE PIO DOMINGO

CAVERNA DE LOS SOTERRANEOS ENTRE LA CUEVA
DE LA VENTANA Y LA CAVERNA DE PIO DOMINGO

CAVERNA DE PIO DOMINGO

RESTOS ABORIGENES EN LA EXCAVACION
ARQUEOLOGICA CAVERNA DE PIO DOMINGO

Printed in the United States
by Baker & Taylor Publisher Services